author
ニーナローズ
illustration
吠L
[redacted]
異世界と繋がりましたが、
向かう目的は戦争です
Connected with
the Another World,
But the purpose of
the visit is War

物部星名
もののべ・ほしな
「科学魔術」を操る中でも最上級戦闘員の一人。全身真っ白でいつもヘッドホンで何かを聞いている。気怠げでぶっきらぼうだが、仲間思いの一面も。

「やっぱり汗を流せるのが一番！
蒸し蒸しな森の中にいたわけですし！」
「アタシだって……」
グラマラスな少女、クラウディアがこれ見よがしに豊満な胸元を
見せつけるようにしてシャワーを浴びていた。
その様を成長期の胸とうっすーい（笑）が恨めしそうに睨んでいる。

リリカ
最上級戦闘員の一人で星名の同僚。腰についたミニチュアの攻城兵器を巨大化させて戦う。気は強いが控えめな胸を少し気にしている。
クラウディア
小悪魔的な美女で、情報収集に特化した能力者。過去に星名に助けられたことがあるらしく、彼に懐いている。

異世界と繋がりましたが、向かう目的は戦争です1

ニーナローズ

HJ文庫
1014

口絵・本文イラスト　吠L

1 Connected with the Another World, But the purpose of the visit is War

CONTENTS

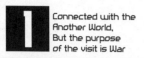

さて、まずは世界のおさらいから始めましょうか。

始まりは何と言っても二つの異なる世界が繋《つな》がってしまったこと。

そして、その世界同士で戦争が始まってしまったことにございます。

しかも相手は魔法大爆発《まほうだいばくはつ》な世界。国家侵略《しんりゃく》ならず、異世界侵略とでも申しましょうか。

科学技術が発展し、神秘を排斥《はいせき》してきた人類にとっては青天《せいてん》の霹靂《へきれき》、歴史の転換点《てんかんてん》、そんな状態だったのでは？

魔法という未知の力は凶悪極《きょうあくきわ》まり、地球の兵器では全くというほど歯が立たない有様。文明自体は遅《おく》れていても技術が違《ちが》えば大差なし、むしろ負けているなーんてことも言われたり致《いた》しましたわね。

そんな中、突如《とつじょ》としてインターネット上に浮上《ふじょう》した、とあるパッケージの登場がすべてをひっくり返しました。

その名も魔術《まじゅつ》パック。

誰《だれ》でも簡単に魔術師になれる素敵《すてき》な品物。古今東西で信仰《しんこう》されている神の側面を切り取ることによって一人一つという制約はあるものの、誰もが扱《あつか》えるようになった魔術書のことでございます。

これが【始まりの魔術】。

まあこの魔術パック、一体全体どこの誰がどうやって、何を目的に作成し、公開したのか、すべてが謎《なぞ》に包まれているのですが。

第二弾《だん》は科学技術を無理やり魔術に当てはめてみたり、胡散臭《うさんくさ》い怪奇《かいき》書と組み合わせて別のものを生み出したりとやりたい放題。

無法地帯な危険物に成り果てたのが【第二の魔術】。

人間の欲とはこれほどまでに肥大するのかと感動したものです。勿論《もちろん》、大火傷《おおやけど》を負ったようですけれども☆　次に人類は安全な魔術式の構築に取り掛《か》かりました。結果として多少面倒《めんどう》なルールを設けることになりましたが格段に安全なものとなりました。

後に【第三の魔術】と呼ばれるものです。

脆弱《ぜいじゃく》な生き物は数が多いのが利点でございますが、この時点で地球側はその六割を失ってしまっていました。もはや数でも負けている始末。圧倒的《あっとうてき》な戦力の差とは、とても残酷《ざんこく》なことですね。

これがかの【科学魔術】の成立の歴史。

めでたく安心安全と化した【科学魔術】を利用して人間達《たち》は争いを繰《く》り返していきます。

それが恒常化《こうじょうか》、日常化するほどに。

なんとまあ、学ばない生き物なのでございましょう。

わたくし、諦念《ていねん》を通り越《こ》して悲しみで涙《なみだ》が出てしまいます。しくしく。

で・す・が！　此処《ここ》からが本番でございますわよね。

第四次異世界大戦、遂《つい》に開幕にございます☆

第一章

地球://南極　氷の要塞攻略

1

南極。北極とは違い大地が存在するものの、そのほとんどが分厚い氷に覆《おお》われ、内陸であるがゆえに世界一寒い場所。

氷が悠然《ゆうぜん》と輝《かがや》く、人の手が触《ふ》れられていない神秘の世界。轟々《ごうごう》と吹雪《ふぶき》が起こす激しい風の中、平均気温がマイナス二十度の、極寒《ごっかん》の地にて。吐《は》いた息が凍《こお》ることすらある中で寒さに歯を鳴らす兵士達に交じって、異様な存在感を放つ人間が立っていた。

ざんばらに切られた白銀の髪《かみ》、妙《みょう》に色素の抜《ぬ》けた灰色の瞳《ひとみ》。その乾《かわ》いた瞳には何の感情も浮《う》かんではおらず、目の前に広がる氷の大地と同じく冷ややかだ。

そして何より。

極寒の大地だというのに上下シンプルな白の服装にもこもこのファーがついたぶかぶかの上着一枚のみ。首回りを覆うようなごついヘッドフォンが唯一《ゆいいつ》の飾《かざ》りだろうか。

そのまんま吹雪の中に溶《と》け込《こ》んでしまいそうだが街中だとどちゃくそ浮きそうな恰好《かっこう》をした少年、物部星名《もののべほしな》は不思議な音程を繋ぎ合わせた鼻歌を歌っていた。

鳴《な》り響《ひび》く風の中でも途切《とぎ》れることなく、音が響いている。ふと、その音が途切れた。消えたタイミングで兵士達の後方に待機していた指揮官が命令を出した。

「総員、迎撃《げいげき》用意」

一見すると誰もいない。ただ白いカーテンがどこまでも広がっているだけだ。

そもそも吹雪の中を兵士が突《つ》っ込んでくるにしても、武器を投擲《とうてき》するにしても視界が悪すぎるのと風が強くてまともに飛ばないだろうという気候だった。

当然、そんな状態であれば疑問が飛ぶ。

「誰もいませんが？」

吹雪の中でもかき消されないように大声をあげた兵士に壮年《そうねん》の指揮官は淡々《たんたん》と返した。

「なればそのまま棒立ちで死ぬかね？」

「何を根拠《こんきょ》に……ッ！」

「来るぞ」

囁《ささや》きに近い声だったが、はっきりと少年の声が疑問を遮《さえぎ》った。

同時にぴたりと吹雪が止《や》む。

空気の流れが吹雪を押《お》し流《なが》す前に白く濁《にご》った景色の奥《おく》、カーテンの奥から無数の光点が走る。流星のように大きく弧《こ》を描《えが》いた光は一定の時間をおいて降り注いできた。

あっという間に視界が鮮《あざ》やかに晴れる。見えたのは横に広がる城塞《じょうさい》。視界に映るその城塞から何度も光点が走った。

「放て」

上官の誰かの叫《さけ》びと共に慌《あわ》てて此方《こちら》も構えていた砲撃《ほうげき》を放っていく。吹雪も凪も止んだ中、矢を撃《う》ち落とすように砲弾《ほうだん》が飛んでいった。

だが、とても残念なことに相手との相性《あいしょう》が悪い。

炎《ほのお》の矢である。

ゲームや映画に出てくるCGかってぐらい現実味のない矢の形に整えられた真っ赤な炎。撃ち落とそうとする砲弾をそのまま飲《の》み込んでいく矢が兵士達の上空で大爆発《だいばくはつ》を起こした。

それだけでも破片《はへん》が散らばって脅威《きょうい》だというのに砲弾の数より明らかに矢の数が多いせいで迎撃が間に合っていない。

再び兵士達が迎撃の準備をしている最中、星名の真横に落ちた炎はジュウウウウウウッ！　と油の音にも似た蒸発音を立てながら兵士を文字通りの火柱に変えていく。それならまだ即死《そくし》だ。悲惨《ひさん》なのは溶け落ちた砲弾の残骸《ざんがい》。灼熱《しゃくねつ》になった滴《しずく》が重力に従って落ちて来るのに当たれば皮膚《ひふ》を溶かされながら、のたうち回って死ぬ羽目になる。あまりの高温に氷から煙《けむり》が噴《ふ》き出していた。

「やはり無理か」

灰色の目を眇《すが》めながら、銀の少年はぽつりと言った。

元より期待はしていない。彼《かれ》らはただの囮《おとり》に過ぎない。本命たる少年を守る肉の囮。たった一人を隠《かく》す為《ため》に一方通行ともいえる死の行進を兵士達は行っている。その犠牲《ぎせい》を無駄《むだ》にしないように彼は矢と砲弾が飛び交《か》う前線へ躊躇《ためら》いなく突き進《すす》んでいった。そんな彼を隠すように無駄だとわかりきっている砲弾が打ち出されていく。

味方の砲撃に紛《まぎ》れるようにしながら降り注ぐ矢を回避《かいひ》。ついでに兵士達の損耗《そんもう》を減らす為、下から攻撃《こうげき》を加えて矢を撃ち落としていくが流石《さすが》に数が多く、すべては捌《さば》ききれない。多少の犠牲はやむなしとして、星名は拘泥《こうでい》しなかった。

巨大《きょだい》な城塞からの攻撃は扇状《おうぎじょう》に展開している。後ろに下がることが許されない兵士達を叩《たた》くには有効だが一人の標的を狙《ねら》うことは難しいだろう。しかも距離《きょり》を詰《つ》めてきているのだ、狙いをつけるのはどんどん困難になっていく。どれほど不安定な足場であっても少年の速度は変わらない。爆発《ばくはつ》の振動《しんどう》やら、何やらで不規則に割れている氷の上を駆《か》け抜けながらあっという間に目的地へ。

近づけば近づくほどに圧が迫《せま》ってくるようだった。

南極に存在してはならない壁《かべ》が大きく主張してくる。城壁《じょうへき》の上の方で煌《きら》めきが数回点滅《てんめつ》し、砲弾を無効化する炎の矢が降り注いでいく。入り口など何処《どこ》にもない、首が痛くなるほどの高さを誇《ほこ》る壁の前で立ち止まった星名はべたりと壁に手を押し付けた。彼は軽く目を閉じて意識を集中させる。

瞬間《しゅんかん》、城壁が丸ごと消滅《しょうめつ》した。

跡形《あとかた》もなく、まるで空間に飲み込まれたように。

「うぇ、ごふ、……すごい質量な訳だが。冗談抜《じょうだんぬ》きに消費だけで小さいけどどっかの衛星が消えたぞ……」

食べ物を食い過ぎて気持ち悪くなった人みたいに顔色を悪くさせた星名は口元を押さえて何度か空咳《からせき》を繰り返す。

じじ、と無線機から連絡《れんらく》が入った。

『対象の消滅を確認《かくにん》。【銀の惑星《わくせい》】、任務ご苦労』

「次はもうちょい質量がちっさいのにしてくれ。破壊《はかい》行動が得意な奴《やつ》に頼《たの》むとかな。おうえ、いやほんとに吐きそう…、気持ち悪い…」

『前向きに検討しよう、ヘリを派遣《はけん》するから、それで帰ってこい』

「了解《りょうかい》」

迎《むか》えのヘリを待っている間、再び吹《ふ》き始めた風に巻き上げられるがまま、髪を軽く押さえて、星名は遮るものがなくなった、城壁の向こう側に視線を送る。

城壁が消えた先では空間に巨大な穴が開き、その隙間《すきま》からは本来、南極の気候ではあり得ない穏《おだ》やかな風景が広がっていた。

瑞々《みずみず》しい草原だ。

不自然、違和感《いわかん》の塊《かたまり》であるはずなのに空間に溶け込んでいる。

異世界。

地球という惑星と繋がってしまった、別の人類が住む世界である。

そして地球側の人類を脅《おど》かす、侵略者《しんりやくしや》であった。

2

南極前線基地。

そこに拠点《きよてん》を張っている国連軍、第六〇八大隊に物部星名は所属している。軍そのものには所属しているものの、個別で任務を請《う》け負《お》う彼は色んな部隊を梯子《はしご》する。ただ、便宜《べんぎ》上個別での任務がない時には第六〇八大隊の所属として彼は世界を渡《わた》っていた。

肩書《かたが》きは特別技能戦闘員《せんとういん》。個別識別コードは【銀の惑星】。

「それで、今回もまた敵兵はなかったと？」

大隊を預かる二十歳《はたち》の若き指揮官、アナスタシア・ローレライ大佐は若草色の瞳を苛烈《かれつ》に煌めかせながらプロジェクターに映し出された地図を睨《にら》んでいた。

「あぁ、丸ごと喰《く》ったがそれらしいものは一切《いっさい》なかった。人間と建物の区別ぐらいわかる。全部無機物だ。何回か潰《つぶ》してはいるんだろう？」

「ええ、結果としてはいつも同じね。同じ形、同じ攻撃方法…、簡単に使い潰しても構わない、無人攻撃機《こうげきき》のような扱いなんでしょう。あれだけの大きさのものを使い捨てにできる資源の多さには驚《おどろ》きを通り越して呆《あき》れるという他ないが」

一瞬《いっしゅん》で立ち上がる広大な城塞、自動で攻撃を放つ炎の矢。アレらは壊《こわ》しても壊しても現れては此方を攻撃してくる。放っておくわけにもいかないので破壊するのだが此方の攻撃は歯が立たないという厄介《やっかい》さ。毎度毎度同じ攻撃なのに人員を減らされる始末である。

だが、やらないという選択肢《せんたくし》を選べばもっと甚大《じんだい》な被害《ひがい》が出る。ゆえに人員が減るとわかっていてもやるしかないのだ。

「どちらかというと、俺達《おれたち》に近いものがあると思うが」

「どういうこと？」

「あの城塞を消費するには衛星一つ分も必要だった。コストが非常にでかい。魔法を分解するのに使ったと仮定してもな。人が全くいないのもおかしな話だろう。向こうに全自動で動く無人機械なんざ文明レベル的に存在しないだろ」

異世界側は地球より文明レベルが遅れている。勿論、科学と魔法という全く違う歴史を歩んでいるので一概《いちがい》にどちらかが遅れているということは言えないのだが兵器を見るに機械より動物系統に頼《たよ》る傾向《けいこう》があると分析《ぶんせき》されていた。

例えば移動手段。地球では車だが、異世界側では馬というように。大体近世、または中世。そのぐらいなのだ。だからこそ有人の攻撃だと睨んでいたのだが。

「つまりあの城塞は何かしらのオカルト的な能力によって構成されていて、元となる人間なりモノなりを撃破《げきは》しないことには永遠に出現し続ける、と判断していいか？」

「そうそう、そういう考え。あの城塞に関して俺は一回目だからなんとも言えないけど。ぶっ壊し続けても出現するっていうなら何かしらのカラクリがあるだろう。いくら豊富って言ったって資源だって無限じゃない。どこかから調達している以上、限界はあるさ。まあ物量戦になったら確実に負けるっていう地球側の見立ては間違《まちが》ってないとは思うが」

「ならば掃討《そうとう》作戦を組むか。組むとなったらどんな奴がいい？」

「俺がやる流れなのか、これ？　仕事したばかりなんだが」

「作戦立案者はお前だが？」

「見解を述べただけなんだが？」

心底言うんじゃなかったと言わんばかりの顔になる星名。げっそり顔の銀の少年にも指揮官様は容赦《ようしゃ》しない。

たれ目がちなのに、口調がキツイ人は
「で、欲《ほ》しいものは？　聞くだけ聞こう」

数秒考えた彼は適当な調子で言った。

「探索機代わりになる奴。そうだな、できればあの城塞を何回か壊した奴が良い」

3

「なんで探索機を呼んだのにお前がいるんだ？」

「戦闘職《せんとう》のアンタに任せたら大惨事になるから、ですって」

勝気で釣《つ》り目がちな、水晶玉《すいしょうだま》みたいに澄《す》んだ青の瞳。

真っ赤な色に染めあげた髪をツインテールにした、何処にいようが目立つ黄色のドレスを纏《まと》っている。

こいつ、戦場に立つ自覚があるのかってぐらい自己主張の激しい少女が立っていた。

リリカ。本名なのか、偽名《ぎめい》なのかわからない名前で星名と同じ特別技能戦闘員だ。

彼女《かのじょ》は成長期のうっすーい胸（本人曰《いわ》く平均以上はある）を張りながら自慢《じまん》げに言う。

「それにアタシが一番破壊しているしね」

「そういやお前の専門は攻城兵器《こうじょうへいき》だったな」

リリカの得意《とくい》技は破城槌《づち》。

城門や城壁を破壊し、突破《とっぱ》することに重きを置いた攻撃技を取る。特攻隊《とっこうたい》の役割を果たすことが多い上に専門が攻城兵器とのことで個別識別コードは【籠城喰《ろうじょうく》い】だ。

ドレスの腹回りに太いベルトを巻き、そこに女子高校生のスマホか鞄《かばん》につけるストラップかというくらい大量のミニチュアの攻城兵器をぶら下げていることが特徴《とくちょう》だった。可憐《かれん》な見た目の割に最初に敵陣《てきじん》に走っていく城マニアでもある。

さらっとバーサーカー扱いされた星名は不服そうに唇《くちびる》を尖《とが》らせる。

「言われるほど戦闘に特化している訳ではないんだが」

「それでも他人に歩幅《ほはば》を合わせられないワンマン野郎《やろう》を野放しにするのは上も嫌《いや》なんでしょう。どうせ上の上の上ぐらいの思惑《おもわく》だろうけど」

ではない。


「縦社会の辛《つら》いとこだよな」

二人がいるのは星名が破壊した要塞《ようさい》の跡地《あとち》。

びゅうびゅう吹き荒《すさ》ぶ氷の風にも涼《すず》しい顔を保つ彼らは呑気《のんき》な会話を続けていた。

破壊しても出現し続ける無人の城塞を作り出しているのは誰なのか。

それが今回の任務であった。壊すだけなら簡単だが戦争とは防衛しているだけのものではない。

此方も攻《せ》めてこそだ。

「【匂《にお》い】は?」

「んー、門の奥からばっちり。異世界の建物だから匂いが一緒《いっしょ》でも全然気にしていなかったけど。言われてみれば建物っても一人で建てる訳ないんだから匂いが一緒ってあり得ないはずなのよね。地球側に異世界人が来たら色んな【異世界の匂い】がするものだし」

「なら見つけるのは簡単かな。始めようか、お仕事の時間だぜ」

「はいはーい」

星名が指先を軽く曲げて銃《じゅう》の形を作る。

子供の遊びのような恰好で指先を門の草原に向けると、

「ばぁーん」

指先から純粋《じゅんすい》なエネルギーがぶっ放たれた。

例えるならレーザービーム。威力《いりょく》はそれより遥《はる》かに上回っているが、そのエネルギーの塊そのものは草原の向こう側を突き抜ける、はずだった。ガラスが砕《くだ》けるような硬質《こうしつ》な音を立てて長閑《のどか》な風景に亀裂《きれつ》が走る。

同時に目の前の景色すべてが歪《ゆが》んでいった。

「リリカ」

名を呼んだだけで同じ猛者《もさ》は理解する。即座《そくざ》に人外じみた脚力《きゃくりょく》で後ろに下がった二人は何かが起こる前に全力で攻撃を叩きこんだ。

ゴッバッッッ！　と軽く息を吸《す》い込んだ星名から不可視の音の槍《やり》が吐き出される。

吹雪ごと吹き飛ばし、すべてを薙《な》ぎ払《はら》う回避不可能な音。あまりの音の大きさに空気が歪んでみえるほどだった。

リリカがベルトから取り出したのはミニチュアの破城槌。

先の尖った丸太を手早く取り外すと槍投《やりな》げのような構えを取る。途端《とたん》、小さな丸太は彼女を超《こ》す巨大なものへと変貌《へんぼう》していた。華奢《きゃしゃ》な少女が持つにはあまりにも不釣《ふつ》り合いな大きさの丸太の側面に指先を這《は》わせると、思いっきりぶん投げる。

二人の戦闘員の全力の攻撃を受けて見えていた風景が完全に崩壊《ほうかい》する。

壊れた後から現れたのは巨大な塔《とう》。吹雪の中に悠然と立ちはだかっていた。

星名がひゅうと口笛を吹く。

「こりゃまた攻略《こうりゃく》のしがいがありそうなやつが来たね」

「ふざ、ふざけないでよ！　アタシの役目は入り口をこじ開けるまでよ？　中までは担当じゃないんだから！」

泡《あわ》を食って叫ぶのはツインテール。攻城兵器といってもあくまでも城に侵入《しんにゅう》するまでを想定している為、制圧までは関与《かんよ》しないからだ。中に入るのは他の兵士の役目。

だが、その前なら他の追随《ついずい》を許さない。だからこその特別技能戦闘員なのである。つまり城の中に入るまでならなら独壇場《どくだんじょう》だが入ってしまえばお手上げ状態になってしまう。

「んーと。つまり、あの何回も出現する壁は外側だったたって訳だ。壁を壊して現れる門は偽物《にせもの》、と。何回も向こう側に部隊を送っても誰も帰ってこないはずだよ。異世界じゃなくてこの塔の中に入っていっただけなんだ。相当高度な迷彩《めいさい》技術だぞ、これ。純粋に感動するね。やっぱ文明遅れてんの俺達側なんじゃないの？　今まで頑張《がんば》って攻略してたやつが序章も序章だったたんだし」

くつくつ笑って、少年は無線機に口を寄せた。

「どうする？　一度下がって戦力を整えてから押し込むか？　時間を置くとまた元に戻《もど》る

可能性があるが」

『残念ながらお前達で突っ込めとのお達しよ。後ほど追加の戦闘員を送るとも言っていたけれど、恐《おそ》らく辿《たど》り着けないでしょう』

「なんでよ！」

『寝た子を起こしたな。向こうも本気で兵器を投入してきている。お前達が無事なのは近すぎて察知できないからだ。送り出しても即座に迎撃されていて正直言って此方が保たん。よって早急《さっきゅう》に塔の中に侵入し、大将の首を取ってこい』

言われてみれば頭上で何か轟音《ごうおん》が聞こえる。戦力の差を考えたとしても通常の兵士では役に立たないだろう。なにせ外側の城塞でさえ苦労していた有様なのだから。

高く聳《そび》え立つ塔の漆黒《しっこく》の壁を見上げて、リリカと星名はため息を吐き出した。

「「だから嫌なんだよ、この仕事」」

4

幸いにして二人しかいないという点では隠れることに向いている。

突っ立っていてもどうしようもないので、塔の中に潜《もぐ》り込むと一番お偉《えら》いさんは誰なのか、から始めることにした。

「【匂い】を追えるか？　俺には同じように匂うんだが」

「無理ね。この建物自体が【匂い】の元だし。最悪よ、一からじゃない！」

「情報が何もないのが困るよな。いっそのこと塔ごと粉砕《ふんさい》するか？」

南極の大地に君臨していた城塞を丸ごと飲み込めるほどだ。窓の数から見ても五、六階程度。城塞ほど質量もなさそうであるし余裕《よゆう》だろう。飲み込むでもなく粉砕であるならば。

「死体の山漁《あさ》って誰かもわからないお偉いさん探すのなんか絶対嫌よ。南極なんだから吹雪に紛れて見つかりっこないじゃない！　アンタの力は飲み込めるけど吐き出せないんだから選《え》り好《この》み出来るようになってから言って。【星の歌】で丸ごと昏倒《こんとう》させたら？　壁とか関係ないでしょう？」

「範囲《はんい》もわかってないのに無理。人間の可聴《かちょう》領域に設定する必要があるからな。それを無視してやったらお前まで巻き込んで頭から破裂《はれつ》するけど、構わないのか？」

星名の能力は宇宙関係。恒星は歌を歌っている、という研究結果と惑星そのもの、太陽すら自らのエネルギーに変えるスターリヴォアという生命体の二つを利用して攻撃に極振《ごくふ》りした技能を誇る。

いつも肌身《はだみ》離《はな》さず着けているヘッドフォンには宇宙に関するものを詰め込んでいた。

リリカのミニチュアストラップが能力の補助になっているように、特別技能戦闘員は何かしらのギミックを抱《かか》え込んでいることが多いのだ。

「うおー、役に立たない……ッ！」

「お前の攻撃方法より余程《よほど》マシだろうが。攻城兵器だからド派手にデカいしな。出したら一発で目立つ」

なにせ城の破壊を目的とした戦術だ。どう頑張っても巨大になってしまうのは仕方ない。

「そもそも捕《つか》まえてもどうする訳？　尋問《じんもん》の技術とか知らないわよ？」

特別技能戦闘員は一般《いっぱん》兵士と違い、正規訓練を受けていない。尋問専用の特別技能戦闘員もいるにはいるが、二人とも専門外だった。だから銃器《じゅうき》を持つ資格もないし、渡されても使い方がわからない始末だ。自前の技術があれば問題ないというのもある。よって銃器の取り扱いと同じように、尋問の技術も知らない。

彼らに求められるのは圧倒的なまでの殲滅《せんめつ》力だけ。そんな彼らがよくわからない状態でやれば悲惨な結果になるだろう。

塔の中、壁に触れながら星名は言う。

「つーか、異世界の奴らの根城だってのに使っているのはレンガとかなんだな。素材としても鉄もあるとなるとそこまで惑星環境《わくせいかんきょう》に差がある訳でもないのか。いや、そもそも材質自体は地球のもの…魔力《まりょく》で補強なり、接着なりして無理やり砦《とりで》の形にでも整えているのか？」

「向こう側とこっち側の違いは科学か魔法か。そんな次元の話なのかもしれないね。そうなったらやっぱり魔法の方が優秀《ゆうしゅう》なのかなー？」

「俺達が使っている【科学魔術】も似たようなもんだけどな。使えるから使ってるけど、細かな理屈《りくつ》とかわかってないとこも多いし。結局オカルト系の類だろ。でも向こうの数が多いのは利点だよな。誰でも使える魔法って」

科学技術が詰まった銃《じゅう》だのなんだのといった兵器は使い方さえ学べば誰にでも扱えるのと同じように向こう側の人間は魔法をバカスカ使ってくる。

どういった理論、理屈なのかはさっぱりで地球側の技術者はお手上げ状態だった。

「魔法、ね。扱えないからなんとも言えないけど」

「あとさ、一つ疑問なんだが」

「んー？」

「見張りがいないってだいぶおかしな話だよな」

二人は高度な迷彩技術で隠された塔を無理やり表に出しているのだ。何度か送った地球側の戦闘員達《せんとういんたち》が帰ってこないことを考えると何かしらのアクションがあるはずなのに。

だというのに入り口に見張りはおらず、塔の中は平和そのもの…というか些《いささ》か平和ボケしすぎではないだろうか。

警戒《けいかい》もされていないとは。

「…誘導《ゆうどう》されているとか」

「気配的にはそんな感じしないがな。リラックスしきった、緩《ゆる》んだ空気だ。まあ、何にせよとっとと聞いた方がはやい」

とりあえず一人でも生け捕《ど》りしないと始まらないので一人でブラブラしている異世界の兵士を不可視の音の槍で昏倒させると二人がかりで人気のない部屋に引きずり込んだ。

「恒例《こうれい》の荷物ちぇーっく！」

「なんでむさくるしいおっさんを剥《む》かなきゃならんのか。異世界だってのに夢がないなあ…。どうせなら可愛《かわい》い耳長エルフとかいない訳？」

「それ、女子のアタシの前で言う？　アタシだっておっさんなんか剥きたくないわよ。デリカシーを一から学びなおしてこい」

「生憎《あいにく》と他のモンで頭がいっぱいだ。割《さ》くリソースが足りないかな、っと。発見。紙の地図とかマジで古臭《ふるくさ》いな。コレ、羊皮紙じゃないか？」

映画のセットにでも迷《まよ》い込んだようなレベルでの年季の入った丸まった羊皮紙が出てきた。広げてみるとこれまた手書きの、インクで書かれた趣《おもむき》のある塔案内図が。

案内図がある時点で兵士達も把《は》握《あく》しきれていないようだ。

ただの迷子防止、というか下《した》っ端《ぱ》が自分の配置場所以外に行かないように印がつけられている。これでは服を盗《ぬす》んで移動してく、というような方法は無理だろう。自分の担当以外にいる時点で怪《あや》しい人間になってしまう。階によって渡される装備も違うようだった。どこまでも徹底《てってい》している。

厄介なことに異世界への門は塔と同化しているらしい。だから不規則に要塞が出現していたのだ。

「面倒くさいな。門があるなら余計に塔を飲む訳にはいかないし。やっぱりそこのご本人に教えてもらうのが確実か。下っ端と言えどこっちよりは情報を持ってるだろうし」

「防音出来る？」

「俺の得意技忘れたのか？　音の可聴領域を弄《いじ》れるんだから余裕だよ」

パチンと指を一つ、鳴らせば音が不自然に消えた。防音室が完成する。

「じゃあ見張ってて。アタシが質問しておくから」

「出来るのか？　お前、さっき自分で尋問の技術知らねえって言ってたろ」

至極《しごく》当然な質問をしたはずなのにツインテールから逆に聞き返された。

「尋問はね。そっちこそ忘れたの？　アタシの能力の本質は嫌がらせ、よ。尋問はできなくても真似事《まねごと》ぐらいは可能なの。人の嫌がる事を追及してこそ、難攻不落《なんこうふらく》の城を落とせる糸口になる」

「…お互《たが》いに悪趣味《あくしゅみ》だなぁ」

「こんな能力を提供してきた研究者さんに言って。同感だけどね。ほら、とっとと外に出る！　邪魔《じゃま》されたくないし、単純に危ないわよ」

「はいはい、頼んだ」

流石に尋問しているところなど、知り合いに見られて楽しいものではないだろう。必要ならやるが、星名自身も見られたくはない。

5

銀の少年が外に出たのを確認して数秒待った後、リリカはヒールの先で転がした男を突いて起こす。

呻《うめ》き声《ごえ》を上げる男が目を開くより早く、彼女はわざとパーソナルスペースを無視して顔を近づけた。

至近距離を保ったまま、彼女は甘《あま》く微笑《ほほえ》みを浮かべる。

「おはようございます☆　時間的にはこんばんは、かもしれませんがね」

「な、ん…ッッ!!!」

いきなりの至近距離で、見知らぬ他人がいる。それもいるはずのない場所で。仲間の姿も見えないという状況《じようきよう》が男を更《さら》に混乱に陥れる。

典型的なまでな混乱っぷりを見せてくれる相手に畳《たた》み掛けるように矢継《やつ》ぎ早《ばや》に質問を重ねていく。

「質問は三つ。一つ、アンタのリーダーは誰なのか、二つ、この要塞の作りはどうなっているのか、三つ、アンタ達の目的は何なのか、よ」

「はっ！　言うわけねーだろ！」

質問される事で考えられる状況になってきたからか、男は小馬鹿にするように鼻で笑った。

捕まっているのは自分だというのに危機感がないらしい。むしろ威嚇《いかく》するように大きな声で言った。誰かが気付いてくれるのを信じて、彼は怯《ひる》まない。

それに対してリリカは何処までも冷静だった。彼女は冷静に冷徹《れいてつ》な思考を行う。

「威勢《いせい》が良いのは実に結構」

細い指先がベルトから一つのミニチュアを取り外す。

破城槌の一種で、城壁破りをした時のよりだいぶ小ぶり、車輪付きの盾《たて》を横向きにしてその中に尖った丸太が仕込《しこ》まれた、掻盾牛《かいだてうし》と呼ばれるものだ。

ミニチュアの、他人から見れば玩具《おもちゃ》でしかないそれを指先で弄《もてあそ》ぶ。それを手にほどよく収まるサイズに変化させると狙いを男の足に定めて、叩きつけた。

城門破壊を前提とした威力を持つ破城槌が男の片足を難なく吹き飛ばす。


絶叫《ぜっきょう》があった。


長々と続いた絶叫は声帯の限界まであったはずだ。

塔の中なら何処にいたって聞こえたはずなのに助けはおろか、物音一つ聞こえてこなかった。

まるで、二人しかいないみたいに。

想像を絶する痛みに、誰も助けに来ないという恐怖《きょうふ》によって絶望に濁っていく瞳を覗《のぞ》き込んで、ドレスを纏う少女は嗜虐《しぎゃく》的な笑《え》みを浮かべてみせた。

自分はただ貪《むさぼ》られるだけの獲物《えもの》でしかないのだとその頭に刻みつける。

「ほぅら、叫んだって誰も助けになんて来ません。だぁれも、ね？」

くすくすと、笑い声を交えて彼女は獲物を追い詰める。

「一つ、大事な情報をあげましょう」

何処までも威圧的《いあってき》に。何をしても上から目線で。

「別にアンタでなくとも構わない。他にも兵士はいっぱいいるもの。窓口なんて幾《いく》らでもある。情報を教えてくれないなら別の窓口から聞けば良い。そうなればアンタは用済み。殺して終わりよ」

嘘《うそ》は言っていなかった。此処までして喋《しゃべ》らないのであればさくっと殺して別にいく。時間をかけ過ぎれば不利になるのは確かだがいつまでも一人に固執《こしつ》する必要もない。星名がいれば捕獲《ほかく》は簡単だからだ。

一人目で話してくれたら楽なんだけどなー、ぐらいの感覚だった。面倒な仕事なんてさっさと終わらせるのが一番良い。

「さぁ、どうする？」

男に恐怖が迫る。誰《だれ》にも助けてもらえない圧倒的な孤独《こどく》。吹き飛ばされた足の痛み。

「さぁ」

目の前にチラつく凶器《きょうき》が。滴《したた》る血が。

「さぁ」

選択《せんたく》の時間が。

6

リリカが部屋の外に出ると星名は曲がり角あたりの窓にもたれかかっていた。いつも首元に引っ掛《か》けてあるヘッドフォンを装着している。無防備極《きわ》まりないが彼なりに警戒しての行動だろうと予測はついた。

迂闊《うかつ》に近づけば何かする前に無力化される。

実際、音も立てずに接近していた彼女に対してすぐに視線を向けてきた。

ヘッドフォンを首まで下げて、彼は淡々と問うてきた。

「首尾《しゅび》は」

「上々。下っ端といえど前線にいるだけはあって精鋭《せいえい》部隊の一員だから情報もなかなか持ってたわ。大将の名前はロギア・シルヴィオ。【紅の騎士《きし》】と呼ばれる人らしいわ。由来までは不明。まぁ、異世界の人間なんて知ってる訳ないんだけど。騎士様ですって。時代《じだい》錯誤《さくご》にも程がある感じよね」

「がっつり前線に出て指揮を執るタイプの指揮官か。戦闘に慣れてるとなると面倒《めんどう》くせぇな」

「同意するわ。この塔と前に出ていた城塞はその騎士様の魔法《まほう》。砦として召喚《しょうかん》して門と同化させているみたい」

星名の隣《となり》を歩きながらリリカは集めてきた情報を共有する。見つけた地図と情報を照らし合わせて上階に続く階段の方へと移動しながら会話を続けていった。

「場所は？」

「塔は五階建て。一番上の五階、中央広場にでっかく待機なさっているようね。城塞の迎撃能力も騎士様一人で補っているから他の兵士は手持《ても》ち無沙汰《ぶさた》って訳。だから警戒もしていない。誰が来たって騎士様がいれば万事《ばんじ》解決だから」

「ピクニック気分で異世界侵略《しんりゃく》か。良いご身分で」

「その浮かれた鼻っ柱を折ってやるのがお仕事よ。ロギア・シルヴィオさえ殺せれば城塞は出現しないんだから」

「だが向こうもそれなり以上にやるからこその絶対的な自信だろう。油断は禁物だな」

一人ですべてを担《にな》っているからには撃退《げきたい》する自信があるとみるべきだ。

元々、此方側の科学技術では魔法に敵《かな》わない。一般の兵士ですら戦車を圧倒《あっとう》し、歩兵を蹂躙《じゅうりん》できる火力持ちだ。

魔法とはそれだけ強い。そんな彼らが安心して背中を任せているからには相当の実力者でなければならないはずだ。

けれど。

「逆にいえばその騎士様さえ殺せば烏合《うごう》の衆と化すわ。こっちには【科学魔術《まじゅつ》】がある。しかもアンタは戦闘専門。アタシは補助役が出来る。どデカい荷物抱えてる訳でもないんだから余裕っしょ」

その言葉に対して、星名は何も言わなかった。ただ微《かす》かに唇を吊《つ》り上げただけだ。

それが答えだ。

彼は話を切り替《か》える。

「取り敢《あ》えず五階を目指すぞ。スピード勝負だな。あまりにもチンタラしてる訳にもいかないし。見つかって兵士に囲まれでもしたら面倒だ」

一人だけを殺せば良いとわかったのは大きい。余計な回り道をせずとも向こうは王者の余裕で待機しているのがわかっているのだから。

騎士と名乗るからには姑息《こそく》な手段には出ないだろう。ブラフの可能性も視野に入れつつ、一先《ひとま》ずは階段を登っていく。

「目的は何だった？」

「それは不明。兵士にも聞かされていないようよ。特に近くに街がある、という訳でもないようだから不思議には思っているみたい」

「ふぅん……」

獲物を狩《か》る狼《おおかみ》の如く、密《ひそ》やかに戦闘員達が移動していく。

吹雪《ふぶき》の中に建っているので塔の中がかなり冷《ひ》え込《こ》んでいたのが有利に働いた。

どうせ誰も勝てないのだから誰も来ることはないだろう、と兵士がまともに巡回《じゅんかい》していないのだ。一階さえクリアすればあとは何もなかった。一階でさえ階段近くに見張りぐらいは立っていた程度。

南極の氷の上を上着一枚で駆《か》け抜《ぬ》けられる星名と場違《ばちが》いな黄色いドレスを纏ったリリカには寒さなんざ関係のない話だが、どうやら普通《ふつう》の人間としての機能をお持ちな異世界者達《たち》は皆《みな》が皆、暖房《だんぼう》の効いた暖かい部屋に閉じこもっている。

しかも部屋に閉じこもるだけではなく、数人で集まってゲームでもしているらしく笑い声すら聞こえてきていた。

気分の良いものではない。ぐ、と眉根《まゆね》を寄せたリリカは声を潜《ひそ》めて吐《は》き捨てた。

「(緊張感《きんちょう》ないにも程《ほど》がある連中ね。撃破数稼《かせ》ぎのつもりが見え見え。しかも他人によってもたらされる功績で、よ！　戦争やってる自覚あるのかしら)」

「(そんなもんある訳ないだろ。こっちの戦力差は歴然なんだ。この塔が出てきたのもある意味で予定調和、意外に粘《ねば》るなぐらいの気持ちなんじゃないか)」

戦力差があるとはそういうことだ。地球側は必死に喰《く》らい付いているけれど、喰らいつかれている側の異世界は余裕綽々《よゆうしゃくしゃく》。絶対に勝てないと確信しているからこその余裕ともいえる。

ならばその余裕を逆手にとって彼らは自分の仕事をすればいい。

染《し》み込むような寒さを感じさせる廊下《ろうか》を歩きながら、リリカは嘆《なげ》く。

「(あーあ、本当に金とリスクがあってない仕事よね！)」

「(なんだ、目的は金か。下っ端兵士より金はもらってるだろ。特別技能手当てとかでさ。研究費用も渡されてるし、それなりに良い仕事だと思うがね)」

「(わかってないわね、金はいくらあっても良いものよ。所詮《しょせん》すぐになくなっちゃうんだから)」

「(そんなに金稼いで何したい訳?)」

「(好《い》い人と巡《めぐ》り合うために決まってるでしょ。お金をかけて可愛くなって、ゲットする。美しさっていうのは努力してこそ出てくるの。勿論《もちろん》、性格が合うからとか考え方に共感してだとかそういった目に見えない所での恋愛《れんあい》も素敵《すてき》よ? 重視するし、長く付き合えるかって話にもなってくる。でも、そういうのも含《ふく》めて見た目を着飾《きかざ》るのは大事なの。その為《ため》にはお金が必要になる。手っ取り早く稼げるのは戦場だからね、今のご時世)」

拳《こぶし》を握《にぎ》って熱く語ってくれるツインテールを横目に階段に見張りがいないか確認していた星名はふぅんと興味なさそうに呟《つぶや》いた。

彼《かれ》は興味なさそうに理解を示す。

「(まあそこまでしてでも、金か権力を手に入れなきゃ研究材料になりかねないか)」

【科学魔術】に耐《た》えうる個体はとても珍《めずら》しい。しかもそれがリリカ達のように優秀であればあるほどに。子供に引き継《つ》がれるかはわからないが試《ため》す価値はあると研究者らは判断している。手《て》あたり次第《しだい》に子供に試し、ランダムな可能性に賭《か》けるより、元々能力者である子供に試した方が良いからだ。そういった研究材料としての扱《あつか》いが不満なら成果を出して、自分の価値を示すことでその圧力を叩《たた》き潰すしかない。

「(そういうアンタは?)」

「(俺か? まあ金は欲しい。引きこもって研究に没頭《ぼっとう》できるぐらいには。天体観測が趣《しゅ》味《み》なんだけど、この戦争で引っ張り回されて全然できてないんだよな。異世界の惑星環境とか天体に興味があるからこんな前線にいるんだけどさ)」

つらつら会話を続けていた二人だったが、五階に辿り着いた時には黙《だま》った。

似たような部屋が並んでいた階下と違《ちが》い、五階には階段を上がってすぐに一つだけの部屋があった。そこから強者の気配が漂《ただよ》っている。

「いかにもって感じのやつが来たな。いかにも過ぎて逆に罠《わな》なんじゃないかと思いそうだ」

「不意打ちは無理そうね。横に部屋でもあれば一発ぶちこんでやれるのに」

「塔の外に張り付いてやるか? 現実的じゃない話だが」

「アタシ、ドレスなんですけど? 絵面考えなさいよ!」

「冗談《じょうだん》だよ、そう怒《おこ》るなって。虫みたいに引っ付いてとか笑えないだろ」

「むきー!!! ふざけてないでとっとと案を捻《ひね》り出せ!!」

少年の胸《むな》ぐらを掴《つか》んでガックガックと揺《ゆ》さぶるリリカ。揺らされるままに何秒か考えていた星名はぽつりと言葉を落とす。

「……そうだなぁ、じゃあ、こうするか」

7

重厚《じゅうこう》な、いかにも大物が居座《いすわ》っていますと言わんばかりの扉《とびら》の前に立った星名はノックをする訳でもなく、そして中に入る訳でもなく。

エネルギーの塊《かたまり》でもって外側からその重厚な扉を吹《ふ》き飛ばして先制攻撃《こうげき》をぶちかました。

中に何人いようが、何で守ろうがエネルギーの衝撃波《しょうげきは》が何もかもをなぎ倒《たお》す。

もうもうとあがる土煙《つちけむり》の中に踏《ふ》み込んだ銀の少年を鮮《あざ》やかな炎《ほのお》が包《つつ》み込んだ。熱気でもって空気すら焼くそれは少年の肌《はだ》どころか服に触《ふ》れる前に霧散《むさん》する。

とん、と続いた衝撃《しょうげき》で煙《けむり》が散らされた。視界の奥《おく》の玉座から低い声がする。

「随分《ずいぶん》な挨拶《あいさつ》だな。騎士の礼儀《れいぎ》も知らねぇのか」

大柄《おおがら》な男だった。

騎士というよりかはアメフト選手のようないかにもスポーツマンですといった雰囲気《ふんいき》を持つ赤髪《あかがみ》の男。

異様なのは身体周りを覆《おお》うように真っ赤な鎧《よろい》だろう。パワードスーツを連想させる、関節補助を目的としたものだった。防御《ぼうぎょ》というより莫大《ばくだい》な腕力《わんりょく》や脚力を生み出すための鎧。身体と一体化させた一つの兵器という訳だ。

【紅の騎士】ロギア・シルヴィオ。

「お生憎様《あいにくさま》、騎士なんて生き物は随分前に絶滅《ぜつめつ》したよ。礼儀なんて知ってる訳ねぇだろうが」

吐き捨てるように言った星名に男は苦笑《くしょう》した。

「随分小さな侵入者《しんにゅうしゃ》が来たようだ。小僧《こぞう》とはな」

「それが返答でいいな？」

無表情でそう言った星名が軽く掲《かか》げた手のひらに黄金の光が集まった。パチパチと火花が弾《はじ》ける音を響《ひび》かせる。

それは莫大なエネルギーの塊。星の核融合《かくゆうごう》、太陽の熱を圧縮させたものだ。太陽の雫《しずく》を一つ、彼はその手に出現させる。

騎士の男は笑って告げた。

「こっちとの差は圧倒的《あっとうてき》だ。それでもやるかい、お坊《ぼっ》ちゃん。今なら逃《に》げても追わないでおいてやるが？」

「舐《な》めてると痛い目見るぞ、おっさん」

「それはない。オレは騎士だ。王の矛《ほこ》となり、盾となるもの。此処《ここ》を任されている以上、敗北は決してないのさ」

騎士は、剣《けん》を下げていなかった。掲げた両手の中に炎の剣が現れる。

ファンタジー要素あふれる炎の剣。パワードスーツの手の先、掴まれる柄《つか》に至るまで燃《も》え盛《さか》る炎によって構成された、魔法の剣だった。

バチィイ‼　とエネルギーを纏わせた星名が腕《うで》を振《ふ》るうと即座に反応した剣に切り落とされる。叩き落とされたエネルギーは床《ゆか》に亀裂を走らせた。

「幾ら挑《いど》んできても、どの兵器でもオレには勝てなかった。諦《あきら》めろ」

ほとんど勘《かん》だった。何か予兆があった訳ではない。ただ、危険だと叫《さけ》ぶ本能に従って、星名は大きく後ろに下がる。

少年が後ろに下がるのとロギアが剣を手前に振ったのは同時だった。確実に剣の間合いから離《はな》れていたにも関わらず、一瞬《いっしゅん》前まで立っていた場所が大きく切り裂かれた。

そのあと、高温であぶられた床が溶《と》ける。二段構えの攻撃。パワードスーツに補助された圧倒的速度での斬撃と、そのあとにやってくる剣そのものの熱のせいだ。

（クソッタレ、間合いまで変幻自在《へんげんじざい》か。迂闊に【剣の長さ】を信頼《しんらい》してたら真っ二つだったぞ）

流石《さすが》は異世界の騎士様。前線に出てくるだけはあって並大抵《なみたいてい》のことでは倒れてくれそうにない。

どの兵器でもという言葉通り、戦車でも爆弾《ばくだん》でもあの炎の前では溶かされてしまうはずだ。光も恐らく熱気で曲がる。

加えてあの変幻自在の剣。肉薄《にくはく》しすぎても、離れてもどこまでも追ってくるだろう。

赤色だが、マグマ並みの温度があるはずだ。でなければ床が溶けるはずがない。

(こりゃ他の野郎だと詰《つ》んでたな)

特にリリカ。

マトモにかち合わせても瞬殺《しゅんさつ》だろう。アレが好んで使う武器は丸太である。薪《まき》になるのがオチだ。そもそも戦闘《せんとう》に特化した能力ではないのだし、無理に戦わせるべきではないのだが。

その点でいえば星名にはロギアと互角《ごかく》に戦える武器があり、彼自身が戦闘を専門とするタイプである強みがあった。

(…人間の形をしているならば俺《おれ》の歌からは逃《のが》れられない。が、それよりも炎を上回るエネルギーで押《お》し潰《つぶ》した方がはやいかな。魔法を使われると【音がぶれやすい】。念には念を、だ)

壁《かべ》を蹴《け》って、天井《てんじょう》から床に。

ほとんど下に四《よ》つん這《ば》いになるように体を低くして踊《おど》るように移動しながら星名は少しずつ距離《きょり》を詰めていく。

彼のあとを軌跡《きせき》のように光が走っていた。

地面が割れるほどの速度を叩き出している、彼の姿を追いかけることは困難だ。光が見えた時には既《すで》に移動している。剣を振り回しても当たらなければ何の問題もなかった。

「はや、いな！」

「そりゃどうも」

細かい点の攻撃では白い少年を捕《と》らえられないと理解したのだろう、即座に面での攻撃がきた。切り替えが早く、戦闘に手慣れている。

剣から直接炎が噴《ふ》き出した。空気を凪《な》いで部屋中に炎が生まれていく。肌を炙《あぶ》る熱気は集中を乱し、激しい炎で視界が遮《さえぎ》られる。しかし星名には何の障害にもならない。炎だろうが何だろうが、彼の前には無意味だ。

だが此方《こちら》の攻撃も相手に届かないのは問題だった。エネルギーの塊をぶつけているのにすべて斬《き》り伏《ふ》せられる。

炎の剣、シンプル故《ゆえ》に強力だ。剣技も申し分なく、厄介《やっかい》な相手といえるだろう。

「チッ」

決定打がない。

余計な時間をかけても此方が逼迫《ひっぱく》するだけだ。基本的に異世界との人間相手は即座に、迅速《じんそく》に、が鉄則とされている。どう頑張っても異世界との戦力差があることは間違《まち》いないからだ。

舌打ちを一つかまして、星名はばかりと口を大きく開けた。喉《のど》の奥を開き、声帯を震《ふる》わせ、音を変えていく。

どんッッッ!!　と空気を揺らすほどの音が男を襲《おそ》った。

攻撃が決定打にならないなら別の方法を取れば良い。直接攻撃が効かないなら間接的に攻撃して隙《すき》を作れば良いのだ。【星の歌】ならばどんなものでも防げない。厳密にいうならば音ではないから。ぐらりと、ロギアが頭を押さえてふらついた。

その隙を逃さず、彼は可聴領域を設定した別の音を放つ。

「(今だ、やれ!!)」

天井に飛び上がった少年の真下を巨大《きょだい》かつ鋭《するど》く研《と》ぎ澄《す》まされた鉄の破城槌《はじょうつい》が男を貫《つらぬ》いた。鎧であるはずの赤い何かは、パワードスーツのように肉体の補助はしても無防備に晒《さら》された腹までは守れない。たとえ何で守られていようが勢いのついた破城槌は止められなかったことだろう。蝶《ちょう》の標本でも作るように男の腹を貫き、壁に縫《ぬ》い付けるという精密なコントロール力を発揮する攻撃をしたのは黄色ドレスのツインテール。

「よっ、と」

「上手《うま》くいったみたいね」

　破城槌の上に着地し、床に降り立った星名の背後からひょっこりとリリカが顔をのぞかせる。腹に大穴を開けた騎士様は口から血を吐き出しながら、ニヒルに笑っていた。

「よくぞ。強いな、このオレを負かすとは」

「そっちこそ。炎の剣。強力な武器だったよ。間合いまで変幻自在。マトモな兵器ならまず勝てない。銃弾《じゅうだん》は高温によって溶け、爆弾は熱気でかき消される。光の兵器も曲がるし、ガスだのなんだのも無意味。万能《ばんのう》だが音には反応できなかったようだな。ま、こっちもお前の身体に合わせた音を調整するのに時間がかかったんだけどさ」

「音か…道理で勝てねぇはずだ」

「なぁ、騎士様」

　不意に星名のトーンが変わる。

　義務的な口調で感情の一切《いっさい》を排《はい》したまま、彼は問いかけた。

「前に戦った此方側の人間、どうした？」

笑みがあった。

此方がある程度予測がついていると理解して、外れて欲《ほ》しい予測だと知っている、嫌《いや》な笑みだ。

彼は口から血を吐き出しながら笑う。

「殺さずに本国に送った。貴重な非検体としてな」

「なるほど」

これは戦争だ。【貴重な資源】を確保して研究に回すのはおかしなことではない。それを許せるかと言われれば答えは否だが、考え自体は理解できた。

「リリカ」

少女の名を呼ぶと鉄の鎚《つち》が消える。

栓《せん》の役割を果たしていたものが消えたことによってごぼ、と最後の血反吐《ちへど》を吐き出して騎士は死んだ。離れたところに転がっていた魔法の剣も主人を失くせば後始末さえ要《い》らない。柄まで炎で造られているそれは何も燃やすことなく姿を消した。

同時に異世界の【匂《にお》い】が消える。これでもう、南極に要塞《ようさい》は出現しないだろう。最大の障害だった騎士がいなければ塔《とう》に残っている兵士達《たち》程度、他の一般兵士でどうとでもなる。

血溜《ちだ》まりと共に沈《しず》む死体を数秒眺《なが》めたあと星名は盛大《せいだい》に舌打ちした。

「チッ」

「どしたの星名」

「デカいナイフでも持ってくれれば良かったなって。首だけでも戦意喪失《そうしつ》させるには充分《じゅうぶん》なシンボルだろう？」

「確かにそうね。大きいし、アンタでも引き摺《ず》り回す羽目になっちゃう。二人がかりでえっちらおっちらってのも間抜《まぬ》けに見えるわよ」

「はぁ…色々報告することがあるから後始末も面倒くさい…。やること多いな、もう……」

ぶつくさ言いながらも根は真面目な彼はちゃんと無線機に口元を寄せて報告するのだった。

「任務完了《かんりょう》。後始末は任せるよ」

8

「なんかすっごい後味悪い仕事だったな」

南極前線基地。

満天の星明かりの下できらきらと雪が煌《きら》めく外に出た星名は白い息を吐き出しながら相変わらずの薄着《うすぎ》で空を見上げていた。

趣味の天体観測である。といっても専用の道具なんてないのでただ星を眺めているだけだったが。

遠くの方で作戦成功の祝杯《しゅくはい》パーティーの声が聞こえていた。長年要塞に悩《なや》まされ、塔の攻略《こうりゃく》に手間取って、ようやっと手にした異世界への足掛《あしが》かりだ。浮《う》かれても許されるものだろう。南極を取り戻《もど》す為に何人も犠牲《ぎせい》になったのだから喜びも一入《ひとしお》だった。

そんなお祝いムードからひっそり抜け出してきたのはなぜかというと独りごちた言葉がすべてである。

異世界の騎士の本国に送られたという仲間達。

魔法と科学は相容《あいい》れないということはわかっているはずなのだが何故《なぜ》、非検体として送ったのか。星名達特別技能戦闘員《せんとういん》が使う【科学魔術】であっても異世界の技術である魔法は使えない。魔法を使うにあたって絶対に必要な魔力がないからだ。生まれた時から魔力を有する異世界人だからこそ扱える技術である。だからどう弄ったとしても惑星環境が異なる生物である地球人が魔法を使えるようにはならない。

逆に異世界側の人間も科学を使うことはないだろう。魔法の方がより手軽で便利だ。わざわざややこしい手順が必要な科学を使う理由がない。これが地球側の話であるなら情報が欲しいので捕虜《ほりょ》にするのだが。

向こうの世界観、どのような国があるのか、どれぐらいの人間が生活しているのか。そういった話を聞き出す為に地球側は捕虜を必要としている。

異世界側の考える用途《ようと》がわからなかった。戦時中であるので拷問《ごうもん》、人体実験などが考えられるが異世界側は此方より技術が進んでいる。やる必要性もあまりないだろう。そういうのは互いの天秤《てんびん》が均衡《きんこう》を保っているからやるものだ。傾《かたむ》いている状態で、それも有利である異世界側がするとも思えない。

ただ、文明差的に考えると向こうは中世ヨーロッパ辺りとの話なので魔女狩《まじょが》りだの何だのと流行《はや》っていそうな雰囲気であるので見せしめの意味でやりそうだなぁ、という懸念《けねん》があった。憶測《おくそく》に過ぎないし、特別技能戦闘員とはいえたかが兵士数人にそこまでの価値があるかも不明である。

だが、気になる。

そんなモヤモヤを抱《かか》えてしまったので祝杯パーティーもイマイチ楽しめなかったのだ。

戦争とは殺し合いである。

それも異世界との戦争となれば文字通りの世界戦争だ。勿論、戦争に参加していない者達は普通に、争いとは無縁《むえん》に平和に暮らしている。その程度は持ち堪《こた》えているがそれでも侵略されている地球側は不利な状況にあった。

世界のトップなど誰も彼もが表面上はニコニコ笑顔《えがお》で何でもない、拮抗《きっこう》しているから大丈夫《じょうぶ》などと謳《うた》っているが内心では冷《ひ》や汗《あせ》だらだら。

異世界から侵略されても此方が進軍することは出来なかったからだ。大抵《たいてい》が侵略してくるのを阻《はば》む防衛戦だ。戦力差がどうしようもないので密偵《みってい》を送って情報を握ろうとしているのが精々。

そんなレベルなのに異世界の兵士をわざわざ生かしたまま欲しがる理由とは一体なんだろう？

「うーん、嫌な予感がする」

嫌な予感というのはだいたいの場合において当たるものであった。

第二章 ▼ ▲ 異世界://城下町侵入 隠密作戦

1

「あれ、お前って此処の所属だったか？」

第六〇八大隊は極寒《ごっかん》の南極から一転、青い海が眩《まぶ》しいオーストラリアに来ていた。

グレートバリアリーフが非常に美しい砂浜《すなはま》に、馬鹿でかい軍事拠点《きょてん》が築かれていく。

仕事の範囲《はんい》ではないのでバリケードが立てられていくのを見ながら木陰《こかげ》に座《すわ》って休んでいる星名《ほしな》の隣で同じように座り込んでいるリリカに驚《おどろ》きの目を向けた。

「何回かすれ違ったり挨拶したりしてましたけどぉ？　反応してたよね！」

「いや、そこじゃなくて。前まで別部隊の仕事をしていただろう」

「ええ、そうだけど。よく知ってたわね？」

個人で活動することの多い特別技能戦闘員達《せんとういんたち》はわざわざ自分が別部隊から来たなんて言わない。一般《いっぱん》兵士からしてみれば入れ替わりが激しすぎて覚えていられないからだ。

ツインテールの疑問に星名は軽く肩《かた》をすくめて答える。

「特別技能戦闘員は全部記憶《きおく》してるんだよ。一応、俺の権限で見れる範囲で、になるがね」

「なんでそんな面倒なことしてるの？」

「作戦行動に支障が出ないように。誰がどういう能力を持って、どういう場所が得意なのかとか把握《はあく》してないと危ないからな。俺の能力と競合起こすと大惨事になる」

「一般兵士の人達は？　仕事する上でなら必要じゃない？」

「普通に仲良くなったら知っていく感じだな。一般兵なら銃《じゆう》とか爆弾とかだろ。取扱《とりあつかい》注意《ちゆう》な奴《やつ》らがいるか？　特別技能戦闘員だけだよ。俺は仕事柄《しごとがら》、一般の兵士より特別技能戦闘員の方が組むこと多いし」

「作戦行動が一緒《いつしよ》になるのはみんな同じじゃない？　別にアタシ達に限定する必要ないと思うけど」

コトンと首を傾《かし》げた少女の問いに、星名は灰色の目を吊り上げた。

「軍人さんなら規定に従ってくれるけど、俺達《おれたち》の中には気に食わなかったら従わない奴がいるだろうが。ルールを守らないで好き勝手に動かれると困るんだよ」

お怒《いか》りな星名にリリカは若干《じやつかん》引きながら呟く。

「うーん、これは過去に何かあったと見たけど突《つ》っ込まないぞぅ。藪蛇《やぶへび》出そう」

結局、星名だって従わない時だってあるじゃんと思ったが彼女《かのじょ》は利口なので口には出さなかった。馬鹿話をしていると指揮官のアナスタシアがひょっこりと顔を出す。

クソあっちいかんかん照りの下なのでかっちり着込《きこ》んだ軍服を緩《ゆる》めてクールビズ形態になっていた。

艶《なまめ》かしい豊満な胸の谷間に汗を溜《た》めながら彼女は言う。

「何をサボってる戦闘員」

「仕事の範囲じゃないでーす。戦闘員って言ったじゃん、今！　外回りにでもいけってんですか？　軍にちょっかいかけてくる犯罪者なんていないと思いますけど。此処らへん、人いないし」

リリカの反論にアナスタシアはさらっと言い返した。

「お望みならそういう任務を出しても構わんぞ」

「うへぇ。絶対嫌ですよ。このあっつい中、蒸《む》し蒸しの森を歩くとか冗談きつーい」

南極の時は文句言わずにドレスで歩き回っていた猛者《もさ》なのだが寒さには強くても暑さには弱いらしい。

麦色の髪をたなびかせ、お偉《えら》いさんは片手で持った携帯扇風機《けいたいせんぷうき》で涼《りょう》を取りつつ、

「今は許すが軍に世話になっているからには私の部下でしょう。命令には従ってもらうぞ」

「終わったけどな、設営」

くぃ、と顎《あご》で示す星名は今日も変わらず白いモコモコ上着を羽織っていた。

どう見ても暑そうな格好だというのに汗の一つも浮かべない少年は地平線へと目をやって本題に入る。

「次の戦場は海中か？　出来れば地上で息しながらやりたいけれど」

「それならもっと適任に頼《たの》む。もう少ししてから次のミーティングで言おうと思ってたんだが。まぁ、今から始めても構わないか」

早速《さっそく》構築された基地の中へと入り、涼《すず》しいクーラーの恩恵《おんけい》を受けつつ、机を囲む三人。

彼らの後ろには同じように集められた普通の兵士達が待機していた。

特別技能戦闘員は星名とリリカの二人だけだ。

広げられた地図を囲んでアナスタシアが話し出す。

「始めましょう。海面にある異世界への門が今回の仕事場よ。隠密作戦。異世界に直接乗《の》り込んでもらう」

「異世界への道って南極のとこだけじゃないの？　互《たが》いに前人未到《ぜんじんみとう》の大地だから制限されてると思ってたけど」

「間違いではないね。でも、色々ポイントはあるのよ。あそこがなかなか堅固《けんご》な要塞だっ

たってだけの話」

「海のど真ん中だと侵略しにくいからな。向こうの情勢も探《さぐ》りやすいってことだろ」

「ええ。また変なところに出たものよね。泳いでじゃ少し難しい距離だけれど、沖って言うほどでもないの。真下には潜水艦《せんすいかん》、周りの海域にはドローンを飛ばして常に監視《かんし》体制を敷《し》いている状態よ。入った瞬間《しゅんかん》に鉛玉《なまりだま》をぶち込んでやれるから比較的《ひかくてき》安全地帯ではあるね」

「まぁ、その理屈《りくつ》でいくとこっちも同じように入った瞬間に魔法が飛んでくる訳だが」

けらけら笑う星名の顔を見てため息を吐いたアナスタシアは癖《くせ》なのか指先だけでペンライトをくるくる回しつつ、話を続けた。

「先ほども言ったが今回の作戦は隠密だ。何チームかにわかれて時間差をつけつつ、異世界への特攻《とっこう》よ。バレないように細心の注意を払《はら》いなさい」

「うへぇ。何人死ぬかわかったもんじゃないわね。そもそも向こうの情勢とかわかってるの？　いきなりわからない土地に特攻とかただの犬死によ。情報も集まらなければ人材だけ無駄《むだ》に消費するじゃん。向こうに行ったら海の中とか、そんな状況《じょうきょう》になる可能性につい
ては？」

「安心しろ、それはない。向こう側に繋《つな》がっているのは森よ。それも広大な、ね。潜入捜《せんにゅうそう》査班《さはん》からの報告によると近くに城下町がある。この城下町に侵入して他国の地図、または

機密情報を手に入れてくることで対策を立てよう、という方針に固まった。広大な森だからね。行って入るだけなら簡単なのよ」

「迷彩《めいさい》専門のやつに行かせりゃいいじゃん、と提案しておきまーす」

「残念だが既に向かったあとだ。ついでに言うと連絡《れんらく》も取れん」

「異世界に入ってしまうと無線機も届かないからなぁ…。仲間と離れたら終わりか。地球側に帰って来ればどうにかなるけどそこまで持つ保証もないしな。繋がっているといっても全く別の進化を遂《と》げた世界みたいだし」

当然、科学技術で作られた無線機など向こうに行ってしまえば役に立たない。入った時点でやりとりが出来なくなる。

だからといって異世界側で一から構築しようとしても環境《かんきょう》が違い過ぎて話にならない。整える前に破壊《はかい》される。

ほい、とそこで星名が手を挙げた。上官に促《うなが》されて彼は質問する。

「機密情報とかどうやって判断する気なんだ？　他国にもわからないようにダミーも交えていると思うが」

向こうも一国がすべてを支配している訳ではない。

昔の地球と同じように幾《いく》つかの国にわかれて利権を奪《うば》い合っている状況だ。

地球側の資源を確保したい、という点において圧倒的に有利な彼らが敵同士で手を取り合っているとは思えない。

ならば足の引っ張り合いをする為にダミーを混ぜておくはず。そしてこちらにはどれがダミーかを判断する材料がない。下地となる国の情報がないのだから判断しようがないのだ。最悪ダミーだけ持って帰る羽目になる。

「そこを分析《ぶんせき》のプロを派遣《はけん》して探査してもらうのよ。ありったけ、奪えば奪うだけ良いの。持ち込んだ情報のダミーはこちらで判別する。だからお前達の仕事はプロの護衛。典型的な引きこもりタイプだから戦闘能力とか皆無《かいむ》だしね」

「それ、後から向かう護衛以外の兵士は全部囮《おとり》ってことだよな？」

優秀《ゆうしゅう》な指揮官様はにっこり笑って答えなかった。

答えなかったがそれが何より雄弁《ゆうべん》に返答してくれている。

つまり、そういうことだった。

2

「うぁぁぁん、もぅーやぁだーぁー！　虫とかちょーいるんですけど！」

「森だしな」

「森だからね」

「つーか異世界の森ですよ⁇　得体の知れない病気とか持ってても抗体《こうたい》ない私たち致命的《ちめいてき》では⁇」

「噛《か》まれなきゃ問題ないよ。あとうるさい。防音対策してるとはいえ人間ってのは意外と敏感《びんかん》なんだ。騒《さわ》ぎ立てて死にたいなら突き出してやるが？」

ぴぎゃー！　と謎《なぞ》の叫びをあげるのは幾つか編《あ》み込みがなされてある、赤みがかった明るい茶髪《ちゃぱつ》に同じ色の茶色の瞳《ひとみ》の小柄《こがら》な少女だった。

ルーナ・ガルディル。

分析のエキスパートにして星名と同じく特別技能戦闘員の一人にして、【シークレット・リテラシー】などと呼ばれている。怒られてもめげずに、虫が大嫌《だいきら》いなお嬢様《じょうさま》が駄々《だだ》を捏《こ》ねていると目にも鮮やかな黄色を纏《まと》った人が音も立てずに隣《となり》に並んだ。

「ぎゃーぎゃーうるせーわね。今隠密作戦の最中だって自覚ねーの？」

「ひどい！　リリカが辛辣《しんらつ》！」

「だからうるさいって。本格的に黙らせるわよ、ルーナ。別に本番でアンタを出せれば良いんだし。袋詰《ふくろづ》めで引き摺り回されたいの？」

「なんてことを言い出すの？　ド派手な黄色野郎《やろう》め！　森ん中でドレスとか全体的にふざけてんのかってことですよ、バーカ、バーカ！」

「それを言ったら星名とか真っ白よ。何より目立つと思うけど」

「光で反射させてるから見えないよ。迷彩専門じゃないけどどこの程度ならどうにかなる。所詮、人間の目に映ってるのは光だからな」

星名はエネルギーそのものを扱う。光だってエネルギーなのでその応用といったところだった。

服だの髪だのが反射する光を操《あやつ》って迷彩効果を生み出しているのだ。加えて音を消してしまえば多少不自然でも目の錯覚《さっかく》だと勝手に納得《なっとく》してくれる。

逆にいうと人間の目を誤魔化《ごまか》せるだけでカメラのような機械物には通用しない。サーモグラフィーでも使われれば一発でバレる方法だ。

あくまでも本来の使い方から外れた応用、ただの小細工に過ぎないのだと言って、彼は周りを見渡《みわた》す。

「しっかし広いな、異世界。流石に海の向こうが森となると壮観《そうかん》だ」

「世界の常識を疑うわ…。ずっーーと戦争してるし。普通《ふつう》の歴史ならある程度で終わらせない？」

「異世界だからっていっても兵力も武器もタダじゃねーですしね」

「終わらせない方に利益があるって判断してるんだろ。実際回ってるし、俺達も戦争で飯食ってるし。戦争って殴《なぐ》り合えば殴り合うほど損が出る仕組みのはずなんだがなぁ？」

うーん？　と頭をひねる三人。

偉い人達《たち》が回す大人な世界は彼らにはよくわからなかった。雑談をしながらも彼らは先へ進んでいく。

鬱蒼《うっそう》とした森でも出口があることは確認《かくにん》されているのでひたすら見つからないように移動するだけだ。

「そういえば星名の力で異世界を惑星《わくせい》ごと消滅《しょうめつ》させることは出来ないの？　確か太陽だってエネルギーに変えちゃえるんでしょ」

確かに異世界ごと無かったことにしてしまえば話は早い。そもそも戦争する目的を無くせるならば平和になる。

たとえ億単位の人間が死ぬとしても。

対する答えはシンプルだった。

「無理」

「なんで？」

「この世界は二つの惑星分の質量を持った一つの惑星、というカウントなんだ。一つ分消すなんてことしたらダルマ落としみたいに何処《どこ》が吹き飛ぶかわかったもんじゃない。最悪地球側だけ消滅するぞ」

惑星一つ、というのはわかりやすいようでいて枠《わく》が大きい。その表面に住んでいるちっぽけな存在などカウントしてくれないのである。何十メートルもある巨大で堅固だった城《じょう》壁《へき》を消滅させた時でさえ【衛星一つ分】なのだ。それが惑星ともなれば扱う本人でさえどうなるかわからない。

だから無理。

出来る出来ないではなく、不可能。

だがそれは地球程度であればすぐにでも消滅させられることを意味する。

「難しいなぁ」

「自然のモンを人間の都合で振り回せるわけ無いっていう証明だろ。良いことだと思うけどね」

そんなことを嘯《うそぶ》いていた星名の動きが不意にピタリと止まった。

一瞬《いっしゅん》遅《おく》れて兵士が全員固まる。がさり、と大きく横の草が揺れたからだ。

異世界の門は時空間が歪《ゆが》んでいる。

一口に森に出るといってても別々のタイミングで入ってしまうとどこに出るかわからない。逆に向こうからの侵入も同じことで、だからこそ砂浜に軍事拠点を構えたり、潜水艦で見張ったり、ドローンを飛ばしたりして補っている。

タイミングをズラせばズラすだけ多くの人数を異世界に送ることができるのだ。

座標や時間が一致しないので難点は他のチームと合流するのが難しいことぐらい。

つまり、だ。

真横で、音を立てる誰《だれ》かがいることは敵以外にあり得ない。門からも離れている為《ため》、地球に帰る味方では絶対ない。

息を殺して頭を伏せる。見つかったら終わりだ。これは隠密作戦なのだから。

始まる前に騒ぎを起こして撤退《てったい》なんてしたらアナスタシアに殺される。

べたりと他の奴らより低く、地面近くに蹲《うずくま》った星名が手を軽く開いたり閉じたりする中で静かにエネルギーの塊が集まっていった。

一撃《いちげき》必殺。

しかも死体すら残さずに消滅させる威力《いりょく》に調整したエネルギーが手の中で輝《かがや》きを増していく。

がさがさ、と草を割って現れたのは。

「な、によあれ」

形としては二足歩行している熊。

ただ異様にデカい。地球側の熊より二、三倍の大きさを誇《ほこ》っていた。横にも広い体躯《たいく》は異様な気配を放っている。茶色の毛皮と真っ赤な瞳は生物性を感じるが動きが無機質じみていた。

熊だと認識《にんしき》できるのに脳が理解を拒《こば》むような違和感《いわかん》が拭《ぬぐ》えない。機械と向かい合っているような、そんな違和感。

違和感があろうとも四つん這いではなく二足歩行の時点で敵意は確定している。

たとえ人間じゃなかったとしても敵は敵だ。

リリカが自前の武器に手をかけるより前に星名は既に走り出していた。木々の幹を蹴り上げて熊の真上まで飛び上がると集めたエネルギーの塊を叩《たた》きつける。

油の跳《は》ねる音が小さく響いて熊が消え去った。

まるでホログラムを消したような呆気《あっけ》ない消滅の仕方だった。死体すらも残さない。完全なる消滅だ。

しなやかな動きで着地をした彼《かれ》は低く唸《うな》るように、

「…全員厳戒《げんかい》態勢。待ち伏《まぶ》せだな」

茶髪の少女を庇《かば》うように背中に誘導《ゆうどう》しつつ、白い少年が指先を翻《ひるがえ》せばそれを合図としたように至るところから銃声《じゅうせい》が響き始めた。

「な、なんでです？　野生の熊なら…」

「ありゃ人形だよ。無機物。消滅させる寸前に歯車が見えた。歯車で動くのが生物か？　そんな報告は聞いてないなぁ」

「確実に生物じゃないわね、それ。でもどうするの？　待ち伏せなら出口を塞《ふさ》がれている可能性が高い、というかやらない理由がないけど」

「そうだな」

さらっと肯定《こうてい》された。

八方塞がりの状況の中で星名は当たり前のように言った。

「死角から出れば良い」

３

鬱蒼とした森を抜《ぬ》けると石畳《いしだたみ》で整備された道と街を取り囲む高い塀《へい》が目に入った。

多くの人でごった返す街中は様々なざわめきに満ちている。

「(ま、マジかよぅ、本当に入っちゃいましたよ?.)」

「(しかも堂々と検問通過しちゃったわ)」

星名率いるチームは誰に止められることも、待ち伏せの中を突っ切ることもなく、自然に城下町へと辿《たど》り着いていた。

「待ち伏せや監視ってのはやる側が此処《ここ》から来るはずだ、こういった場所を狙《ねら》うはずだって想定して配置するものだ。異世界って言ったって人間だからな、あれだけ広い森をくまなく見張るなんて不可能だろ。だったら想定していない所から出れば良い。此処は安全、だから大丈夫《だいじょうぶ》。そんな考えを逆手に取るんだよ」

「ほ、本当に大丈夫なんですか? 異世界から来た人間は【匂い】が違《ちが》うんでしょう? こんなにいっぱいいたらバレるんじゃ…」

「それも問題ない。相当な実力者じゃないと【匂い】の判別はつかないからな。南極は環《かん》境的《きょうてき》に匂いがよく届く。だからわかりやすかった。普通に考えてみろよ、一対一でやり合う戦闘中とかなら兎《と》も角《かく》、街中で匂いの判別なんかつかないだろ。俺だって街中に潜《ひそ》まれるとわかんないし」

「じゃ、じゃあ安心していい?」

「少なくとも今は」

油断しきるのは問題だが星名が警戒《けいかい》している。

小動物系少女がびくびくしていると余計な注目を浴びそうなので気軽に構えているぐらいがちょうどいいだろう。どうせ仕事はまだ始まってもいないのだ。本番に体力を残しておいてほしい。

普段《ふだん》通り何の気負いもない少年を見てリリカが言った。

「これで迷彩専門じゃないんだから怖《こわ》いわー。正直、星名がいれば全部終わるんじゃないかと思うの」

「阿呆《あほ》か。無理に決まってるだろ。流石《さすが》に異世界の文字だのは解読できないし、【時間制限】もあるしな」

惑星環境《わくせいかんきょう》が非常に似ているといっても所詮《しょせん》は異世界。滞在《たいざい》できる時間に限りがあった。

具体的に言うと数週間が限界だ。それ以上滞在していると心体に異常をきたす。未《いま》だ地球が侵略《しんりゃく》されていないのは長時間滞在できないから、という問題があるお陰《かげ》だ。死《し》に物狂《ものぐる》いで抵抗《ていこう》して時間いっぱいまで引き延ばせれば撤退せざるを得ない状況を作り出せる。

不自然に見えないように街の中を歩きながらリリカが首を傾げた。

「どっから手をつけるの？」

「城。権力者が集まる会議室みたいなところがあればわかりやすいんだがな。メイドさんがいれば掃除《そうじ》担当とかで内部が把握しやすい」

国同士の勢力図から探していかなければならない。

機密情報がそこらへんに放り出してあるはずがないので確実に情報の海からの探し物である。

げんなりした顔になっている星名達にルーナが軽く胸を張った。彼女は朗《ほが》らかに宣言する。

「城の中に侵入しちゃえば私の出番なのです！　雑多なパターンから探し物をするのが役目みたいなものだしね」

ルーナは分析の専門家。

直接戦闘《せんとう》を行えない代わりにプロファイリングも含《ふく》めた情報から目的のものをあっという間に見つけ出し、ハッキングもこなす情報のスペシャリスト。

情報という武器を扱《あつか》う為、交渉《こうしょう》などの駆《か》け引きにも長《た》ける少女だ。わからないことを探すにはこれ以上ない逸材《いつざい》といえるだろう。

その為に派遣されたのだから。

「(星名)」

ひっそりと。

恋人《こいびと》に寄り添《そ》うようにして傍《かたわ》らに移動してきたリリカが甘《あま》い吐息《といき》を振《ふ》りまきながら耳元で囁《ささや》いてくる。

「(あの巡回《じゅんかい》している兵士達の鎧《よろい》)」

「(あぁ。南極のヤツだな。この世界特有のテクノロジーなのか、はたまた【本国】が此処なのかは不明だが)」

紅《あか》い炎《ほのお》の騎士《きし》、ロギア・シルヴィオ。

彼ほどの重厚《じゅうこう》さはないものの一般的《いっぱんてき》に支給されている鎧なのだろう。威圧《いあつ》感がある兵士達がガシャガシャ音を鳴らして巡回していた。

だが彼らは慌《あわ》てず騒がす、あくまでも人の流れに従って歩いていく。

顔が割れている犯罪者ではないので兵士達も素通《すどお》りだ。

ただ服装で異世界人だとバレないよう、街に入る前に全員がローブを羽織っていた。旅人は大抵がローブを羽織っているので違和感を覚えられずに済む。

ある程度城に近づいたところで路地裏に曲がると全員が即座《そくざ》に屋根に飛び上がった。

兵士達はウィンカーを使って。

星名とリリカ、そしてルーナは自前の身体能力で。

直接戦闘が出来ないだけで彼女もまた特別技能戦闘員。たかだか数メートルの壁《かべ》など余《よ》裕《ゆう》である。全員が無事に屋根に登ったことを星名が確認していると、まるで計ったようなタイミングでしっとりと柔《やわ》らかな感触《かんしょく》が背中に張り付いた。

4

「お久しぶりですね、せんぱい☆」

砂糖を溶《と》かしたような甘ったるい声に、わざと媚《こ》びたような印象を持たせる言葉遣《ことばづか》い。

グラマラスな肢体《したい》を惜《お》しげもなく晒《さら》し、女性としての魅力《みりょく》を見せつけてくる十八歳《さい》程度の少女。

美しい金髪《きんぱつ》で背中を覆《おお》った、成熟した色気と幼さを残す青さを違和感なく同居させた迷彩、擬態《ぎたい》のエキスパート。星名達より先に潜入《せんにゅう》していた特別技能戦闘員である。

星名が振り返って少女の名を呼んだ。

「クラウディア」

「はい、あなたの何でも出来ちゃう可愛《かわい》い後輩《こうはい》、クラウディアが参りましたよ?」

甘くとろける声と張り付く艶《なま》めかしい肢体を持った少女の登場にリリカが小声で叫《さけ》ぶ。

「（また女子かよ！　しかも知り合いとかアタシの存在が霞《かす》む！　一緒に城塞攻略《じょうさいこうりゃく》した仲なのに！）」

「（何何、嫉妬《しっと》なんですリリカちゃーん。それだったら私がいたときにはあんまり嫉妬してなかったのが気になっちゃうんだけど）」

「（うるせぇ妹枠の貧乳《ひんにゅう》まで敵認定《にんてい》してたら身が持たんわ！）」

「（誰が貧乳か、あなただって所詮は貧乳の癖にー!!）」

「（ああ？　アタシは成長期なんですぅ、これからもっとがっつり育つんですぅ！　つーか言ってはいけないことを言ったなこのー！）」

と、背後でキャットファイトが始まっていたが少年の意識はそこに向けられていなかった。

少女達は小声で叫び合っているので何を言っているか、詳《くわ》しくは聞こえていないからだ。星名の耳は良いが会話まで盗《ぬす》み聞《ぎ》きするような性格ではない。精々、仲が良いんだなぁ、ぐらいの感想だった。

一方、グラマラスな少女は何を喧嘩《けんか》しているのか手に取るようにわかるのだろう、星名にひっつくのをやめずにクスクス笑っている。

片眉《かたまゆ》を器用に上げただけで何も突っ込《こ》まなかった星名はクラウディアに問いを投げた。

「仕事はどうだ？」

「概《おおむ》ね順調、といっても構いません。お城に潜入するならお手伝い出来ますよ。わたし、やれる後輩なので☆」

「喧嘩売ってる？　アタシだってやれば出来るわよ城攻略ぐらい！」

「別に売ってないですぅ。そういう気持ちを持つってことは負けてる認識があるのでは？」

　わーきゃー叫んでいたリリカの怒りの矛先《ほこさき》がクラウディアに向いた。捨てられたルーナが言葉を挟《はさ》む。

「なんでそんなにイライラしてるんです？　生理前なの？」

「一応パーソナリティな部分だから女子同士でもセクハラになるわよ、それ。あと生理前じゃねーわ」

「うええ、ごめん…」

　無機質な動きで首を傾げた白い少年は喧嘩など知ったこっちゃないと言わんばかりに淡々《たんたん》と、

「…どうでもいいが先進んでいいか。時間がもったいないんだが」

「「この朴念仁《ぼくねんじん》！」」

「唐突《とうとつ》に罵倒《ばとう》された…」

声を揃《そろ》えて少女達に叫ばれてしまった。

しょんぼりと肩を落とした少年だったが切《き》り替《か》えは早い。何事もなかったように話を続けていく。

「取《と》り敢《あ》えず城に潜入は確定だ。権力者は情報を隔離《かくり》して管理したがるモノだからな。何かしらの成果はあるだろう。情報を探す為の足がかりとしても行く必要がある。まぁこの時代の建物からして書物の形をしているとは思うんだが」

「此処は所謂《いわゆる》、城郭《じょうかく》都市ね。高い城壁に囲まれた街の中にもう一段城壁を作って城を隔離している。典型的な守りに特化したお城よ」

「城の周りは水路に囲まれているんです。城に入れるのは唯一《ゆいいつ》架けられた橋だけ。魔力《まりょく》で動く砲台《ほうだい》ががっつり見張っていますから見つかったらまず逃《に》げ場《ば》がありません。わたし一人であれば適当に擬態してどうにかするのですが。権力者と【入れ替え】しましょうか？　せんぱいがお望みならやってもいいですよ？」

「長期潜伏《せんぷく》が出来ないから却下《きゃっか》。でも先に潜入しておいてもらうのは良いな。内側から鍵《かぎ》を開けてもらおう」

「了解《りょうかい》です」

「というかどうせ中に入れる手段は取得済みだろ。情報が集まる場所もな」

蠱惑的《こわくてき》な笑《え》みを返したクラウディアは小悪魔《こあくま》のように片目を瞑《つぶ》る。

「勿論《もちろん》☆」

5

先に潜入していたクラウディア達によって用意された仮宿は城と街の中間あたりにあるセキュリティがしっかりしている割には人気のない、建物同士に挟まれた隙間《すきま》にあった。

如何《いか》にも隠《かく》れ者《もの》が使うような場所ではなく、騎士も巡回する治安の良い、ありきたりな旅人が使うような宿。

一番の隠《かく》れ蓑《みの》は普通である。

やましいことなど何もないとアピールできる自然体こそが疑われない。それが世界のルールだった。

「やっぱり汗を流せるのが一番！　蒸し蒸しな森の中にいたわけですし！」

「乙女《おとめ》としても汗臭《あせくさ》いまま仕事するのは嫌《いや》な訳だし、異世界に来てもシャワーを浴びれるのは有り難《がた》い話ではあるけれども。……不満があるわ。なんでアンタが一緒にいるのかってことよ！」

リリカ、ルーナ、そしてクラウディアの三人はシャワー室にこもって汗を流していた。

勿論、異性の星名は外で待機である。

森を強行突破《とっぱ》したし、気持ち悪いだろう。俺《おれ》は何も感じないから湯を使えと勧《すす》めてくれた紳士的なふるまいに報《むく》いるため、女子同士でまとめて入ったまでは良い。ルーナは今回の作戦の要であるし、元々一緒だったからだ。

だが！

「諜報員《ちょうほういん》なら別のところに行くべきでしょ、なんで一緒なのよ？」

「勿論、わたしがせんぱいと一緒にいたいからです。せっかくの共同任務ですよ？　イチャイチャしたいに決まってるじゃねーですか。あーあ、誰もいなければせんぱいと一緒に入れたのにぃ」

グラマラスな少女、クラウディアがこれ見よがしに豊満な胸元《むなもと》を見せつけるようにしてシャワーを浴びていた。

その様を成長期の胸とうっすーい（笑）が恨《うら》めしそうに睨《にら》んでいる。

「アタシだって…」

「これが胸囲の格差社会ってヤツなんですか…」

ショックを受けてもいきなりバインバインなナイスバディになる訳ではない。

そもそもクラウディアは潜入に特化した特別技能がある。

ありとあらゆる女の武器を一通り揃えてあるのだろう。

女子から見ても彼女の仕草の一つ一つに目が離《はな》せなくなる時があった。

そんな思いをごまかすようにリリカは口を開いた。

「星名とどんな関係なのよ」

「せんぱいですか？　秘密です☆」

濡《ぬ》れた金髪を真っ白な肌《はだ》に張り付けた、艶かしい姿で彼女は即答《そくとう》する。

何処までもふざけた物言いは此方《こちら》の神経を逆撫《さかな》でするような嫌な気分にさせてきた。いちいち意識に残るような仕草も不快だった。恐《おそ》らくはそういう能力なのだろうが、それでも不快であるという事実は変わらない。

沸点《ふってん》の低いリリカが眦《まなじり》を吊《つ》り上げた。

「こいつッ！」

「えー。皆《みな》さんだってせんぱいとの出会いは秘《ひ》めておきたいものではありませんか？　秘密の、自分だけの思い出……実に甘美《かんび》で素敵《すてき》な響《ひび》きですねぇ。んぅー。でも、不和を生み出したい訳ではないので一つだけ」

味方同士で仲間割れを起こして作戦行動に支障が出る方が嫌なのか、白魚のような指先を完璧《かんぺき》な仕草で口元に当てた媚態《びたい》の達人はそこで恋《こい》する乙女のような、柔らかな部分を垣間見《かいまみ》せた。

それは、思い出すたびに思わず微笑《ほほえ》んでしまうほど彼女の中では大事なものだった。

柔らかな笑みを浮《う》かべて、瞳を甘く蕩《とろ》けさせて。彼女はとっておきの秘密を打ち明ける。

「わたしは、せんぱいに助けてもらいました。あの時、助けてもらわなければなす術《すべ》なく死んでいたでしょう。誰も、手を差し伸べてはくれなかった。当たり前の顔をして躊躇《ためら》いなく、助けに来てくれたせんぱいをわたしは全力でサポートします。たとえ仕事でなくともね」

それだけは、真実で。

誰に疑われても変わることのない決意だった。

「あなた方も、そういった想《おも》いがあるのでしょう？」

「…そう、同じ穴の狢《むじな》って訳ね」

「まぁ、負ける気はしませんが☆　主に胸とか。胸とか胸囲とか」

「全部胸だろうが⁉」

「知ってますぅ？　基本的に男の人って胸が大きい方がウケが良いんですよ。諜報《ちょうほう》活動する時にもちらっと見せちゃうだけであら不思議、あっという間に言いなりになっちゃうんですよねぇ」

備え付けのシャンプーではなく自分で持ち込んだ小さな小瓶《こびん》から甘い花の香りを振りまき、慣れた手つきで自らの肢体を洗っていくクラウディア。

鏡を見ながら自分の動きを確認している姿はさながら本番前に自分の姿をチェックするダンサーのようだった。

どういう動きであれば人目を惹《ひ》くのか、無意識化でも、無防備になっていても動けるように普段から訓練しているのだろう。

「諜報ってそういうこともしなくちゃいけないの？」

具体的な部分を弾《はじ》いた言葉だったが金髪の美女は迷わず答えた。

「いいえ、別に強制されてはいません。ただ、こういった女の武器とやらを磨《みが》いて使った方が楽なので。欺瞞《ぎまん》、擬態、迷彩効果を高める為の研究…といった方が正しいと思います」

「ふぅん、やっぱりみんなそれぞれ研究してるのね」

「特別技能戦闘員《せんとういん》は全員自分の研究結果を定期的に国に報告する義務がありますからね。それで自分の能力の向上と別の能力との応用を図る目的があるらしいですが実際のところどうなんでしょう？」

そこでコン、と扉《とびら》が叩かれた。

びくつく少女達に淡々とした声が投げられる。

『お前達、そろそろ上がってこい。長いぞ』

「女子のお風呂《ふろ》と買い物が長いのは仕方ないことですよ、せんぱい。もうちょっと待ってくださーい」

『はぁ、今は仕事中なんだがな』

ため息と共に音が遠くなった。なんだかんだでちゃんと待っていてくれるらしい。

「ちゃちゃっと上がっちゃいましょうか。あんまりせんぱいを待たせると中に入ってきちゃうかもしれませんしね？」

「冗談《じょうだん》、アイツがそんなことするはずないわ」

「あらあら、意外と信頼《しんらい》がっつりってことは似たような状況があったんです？」

「内緒《ないしょ》よ」

「あーん、意地悪ですねぇ」

大して残念そうでもない声で嘆《なげ》くクラウディアはさっさと身体を洗うと柔らかく笑って先に外に出た。

二人だけになった浴室でリリカ達も手早く泡《あわ》を洗い流すと既《すで》に脱衣所《だついじょ》には少女の姿はな

い。濡れた髪《かみ》を拭《ふ》きながら部屋を覗《のぞ》くと窓際《まどぎわ》に腰掛《こしか》けてヘッドフォンをしながら目を閉じていた星名が此方に気づいた。

ヘッドフォンで耳を覆っているくせに声は聞こえているらしい。眠《ねむ》たげな灰色の瞳が数度瞬《まばた》き、気怠《けだる》い声が呟《つぶや》く。

「終わったか」

「寝《ね》るほど長かった？」

声を掛《か》けられてからさほど時間は経《た》っていないはずだ。

「いいや。これはただの調整。【星の歌】は色々とややこしいから」

「ふぅん…？」

「あれ？　諜報員の人は？」

「クラウディアならとっとと別行動に移ったよ。また戻《もど》ってくるだろうがね。アレは元々単独で動くことを想定してあるから勝手に此方のサポートをしてくれる。秘密主義だから聞いても無駄だしな」

「…そうなの」

「集まったところで確認するか」

此処から先は仕事の話だ。

6

「中に図書塔《としょとう》、と呼ばれる建物がある。名前のまんま図書館みたいなものだな。機密文書などが収まっている、らしい。ただ、此方の目的は今現在の勢力図だ。余計なものは持ち帰りたくないんだが……」

「わかりやすいものだけ持って帰ったりしたらプロファイリングされちゃいますよ？」

「そう、異世界から間者が来たなとバレる。それは困る。面倒《めんどう》だし、襲《おそ》われたら庇うのが大変だから」

「後半の本音が漏《も》れてるわよ」

リリカに指摘《してき》されて星名はひょいと肩《かた》を竦《すく》めてみせた。

「まぁ事実だし。だから適当に他の国が欲《ほ》しがりそうな情報も掻《か》っ攫《さら》っておく必要がある訳だが」

「少人数で来ているからあまり派手に動きすぎると数に物をいわせて兵士に囲まれるわね」

「此処はアウェイだ。いつもの地球気分じゃやり合えない。萎縮《いしゅく》する必要はないがある程度の警戒は必要ってことだな」

全員の視線が窓の外へ向く。

ただ古い街並みという訳ではない。これが最先端《さいせんたん》なのだ。科学技術が発展した地球ではあまり存在しない。タイムスリップしたような印象さえ与《あた》えてくるほどに古めかしい匂《にお》いがあった。

「中世、でも近世に近い感じの歴史的な雰囲気《ふんいき》があるよね。恐らく文明レベル的には間違《まちが》ってないと思うよ。ただインフラが全部魔力で補われてるってだけで。電気じゃない、ガスでもない。それっぽく見えているだけ。動力源が魔力というエネルギーなんだ」

「騎士団《きしだん》に王がいて、それぞれ国を支配してるなんてアタシ達の世界じゃ絶滅危惧種《ぜつめつきぐしゅ》よ」

「そもそも最初の異世界侵攻《しんこう》時点で人類の六割死んだしな」

挙げ句の果てに戦争なんてものを続けているせいで数少ない人間が駆り出されているから大人も子供も男女の区別もない。成人こそしているものの、まだまだ未熟であるはずのアナスタシアが指揮官を出来るのもそういうことだった。

圧倒的《あっとうてき》に人手が足りないのである。だからこそ長く闘《たたか》える星名をはじめとする特別技能戦闘員は貴重であり、多く戦場に放り出される存在だ。

「と、話がズレたな。ともかく人数がいない以上は数を悟《さと》られると終わりってことを認識しておけよ」

「はいはーい」

「了解です」

「何にせよ城の中に突入《とつにゅう》しない限りは情報がないっていうことがわかってるから良いことだよな。幾《いく》ら限定されているとはいえこの広い中を情報探して走り回るとかめんどくさいし。勢い余って町ごと全部破壊《はかい》したくなる」

「ひぃ……ッ！　地図上から消すってことですかぁ⁉　さらっと言っちゃえるあたりが本気を窺《うかが》わせてくるですぅ」

「それしちゃったら大惨事間違いなしだからしないんだけどさ。俺の能力で消滅させたら無機物有機物関係なしにまるごとエネルギーにする訳だし。大量虐殺《ぎゃくさつ》じゃん？　やだよ、俺」

「戦争やってる時点で人殺しでしょ。何を今更《いまさら》」

大変優等生なお返事が黄色ドレスのツインテールから返ってきた。

「民間人は無関係でーす。まぁ時と場合によるけどな」

「何でも良いですけどどうやって城の中に入るんです？　幾らクラウディアさんが根回ししてくれてても侵入《しんにゅう》は難しいと思われますけど」

「アタシの攻城兵器《こうじょうへいき》だと目立つわよ。かといってアンタの能力だとアタシの比じゃなく目立つでしょ」

さて、どうしようという話になった。

ルーナはそもそも戦力外。城に入るルートは警備が厳重な橋一つだけ。

当然、異世界戦争なんてやらかしている時点で警戒は万全《ばんぜん》だし、夜に忍《しの》び込もうが昼間に行こうが馬鹿でかい威力の砲台が狙ってくるのは間違いない。

星名がいればどれだけ高い威力であろうとも消費することは可能だがそれを行えば勿論目立つ。

またもや八方塞がりであった。

「じゃあこうしよう」

しかし銀の少年はさらりと言った。彼は困難な状況《じょうきょう》であっても思考を停止しない。

常に考え続けることですべてを打破するのだ。

「真上から侵入すれば良い」

7

「よっ、と」

トン、とあまりに軽い音を立てて城壁の中に侵入を果たした。

高い壁に囲まれた城は一番奥《おく》側に権力者が住まう場所がある。その壁は城の左右に繋《つな》がっていた。有事の際には壁の中を移動できるようにしてあるのだろう。

一つしかない入り口の左右に一つずつ屋根付きの居館が、中庭を隔《へだ》てた奥側、城の左右にそれぞれ塔が建っていた。

星名達が侵入をしたのがその入り口近くの建物、目的は奥にある塔の一つだ。

夜更《よふ》け。闇《やみ》が姿を隠してくれる時間帯だ。

「し、死ぬかと思った……ッ！」

「本来の使い道じゃないんだけどね」

リリカが言いながら細い指先の間でくるくる回転させているのはカタパルト。

石の代わりに人間を乗せて投石器で全員を吹《ふ》っ飛ばした。リリカの能力で具現化させているので証拠《しょうこ》も残らない。使い終われば消せばいい。

星名の案である。

「そもそも石を壁にぶつけて、勢いで壊《こわ》す為のモノだし。下手すりゃ激突《げきとつ》して果実みたい

に弾けてた可能性だってあるのによく考えたわね」

「これでも特別技能戦闘員だからなぁ。大丈夫って思ってたよ」

高い壁といえども所詮は壁。

ドーム状に覆われている訳でもないので真上からの侵入は容易《たやす》かった。だが、もしも魔《ま》法《ほう》による防護壁《ぼうごへき》があればリリカの言葉通り果実みたいに潰《つぶ》れる羽目になるところだったのだ。

ルーナが怖がるのも無理はない。

戦闘能力皆無《かいむ》の少女を脇《わき》に抱《かか》え込んで飛んだ星名は軽く着地をかますとぽーい、と放り出した。放り出された少女が器用にも小声で叫ぶ。

「女子の扱い！　雑なんだけど？」

「ほらほら、仕事の時間だ。隠密《おんみつ》でいくぞ」

「アタシは離れたほうがいい？」

「んー、そうだな。リリカは此処で待機。逃《に》げ道《みち》の確保が必要だから」

「あいよ、りょーかい」

緊張感《きんちょうかん》のない会話だったが彼らもプロだ。

中に入ればそれぞれが自分の仕事に集中する。

「クラウディア、いるんだろ」

「はい、せんぱい」

いつの間に来ていたのか、するりと蛇《へび》のようなしなやかさで星名の腕《うで》に絡《から》みついてくる。豊満な胸元で彼の腕を挟むような格好でしなだれかかってくる金髪の美女にちらりと視線をやる無言の星名。

立ち上がったルーナがジト目で言った。

「動きにくいだろ、何してんですか引き離せよー！」

きしゃー！　と毛を逆立てた子猫《こねこ》がポカポカ殴《なぐ》ってくる。

しかし銀の少年は真面目な顔して言った。

「いや、幸せだし。与えられるものは存分に受け取るというか」

「うふふ、せんぱいのそういうところ大好きですよぅ」

「そういえば貴方《あなた》、そういうとこあったわね。それで図書塔ってどこ？」

「聞け！」

「あぁ、それでしたらあちらですね」

「無視か、無視なのかあ…？」

「なるほど。じゃあクラウディア、あと頼《たの》んだ」

「はい？」

思わず聞き返したクラウディアを無視して星名は軽く屋根を蹴《け》った。

あくまでも密《ひそ》やかに、だが凄《すさ》まじい風圧を残して少年の姿が消える。真っ白い姿は闇夜《やみよ》に浮かび上がるはずなのにあっという間に闇に溶け込んでしまった。どう考えても屋根が壊れそうな勢いだったのにわずかな振動《しんどう》すら伝えることなく少年はいなくなる。

残された女子三人は数秒惚《ほう》けていた。

「も、もう何処《どこ》にいるかわからない、だと…ッ！」

「わたしが言うのもアレなんですけど、あの人基本的に個別行動のほうが向いてるんですよねぇ」

仮にも軍隊に所属しているというのに協調性のない野郎《やろう》だった。

本人的には指示を出しているのだからあとは好きにしろ、というスタンスなのだ。下手に一から十まで全部命令すると反発を招くからという実体験からでもある。

ただし、規律が厳しい縦社会の中でそれだけの自由を許されていることは有能さの証明だ。自由にさせておくメリットがあるのだから。

「単純に能力の相性《あいしょう》の問題じゃないの？　彼の音波攻撃《こうげき》は無差別らしいじゃん」

「あら、せんぱいは面倒くさがってやりませんが本来ならありとあらゆる音域での攻撃が可能ですよ。微細《びさい》な違いをつけて味方と敵で分類するなんて朝飯前」

「じゃあ何か？　単純に性格的な問題とかってこと？」

「優秀《ゆうしゅう》なのは間違いないんですけどねえ」

音に指向性を与えて槍《やり》の形に整えるなんて攻撃手段にも手を伸ばしているほどだ。まさか人間の可聴《かちょう》領域程度で満足するようなタイプではあるまい。

そもそも星名の能力は謎《なぞ》が多いのだ。

本来なら【一人一つ】の【科学魔術《まじゅつ》】を二つ保有していることも含めて。ルーナやクラウディア、リリカも他人には絶対に見せないようにしている秘密の領域があり、自らが尖《とが》らせていった自分だけの専門分野の研究を行っているがそれでも未知としか形容しようがない。

「ま、せんぱいの秘密を探《さぐ》るのは後回しにして。わたし達《たち》もお仕事しましょう？」

「はい。狙いは地図。この世界の誰《だれ》もが知っているけれど異世界の住民には知りようもない情報。歴史を読み解き、情報を重ねれば重ねるほど相手の弱点を暴《あば》いたり取引の駆け引きにも利用できますから」

「流石は情報のプロ。わたしは貴方の護衛です。精査するには時間がかかると踏《ふ》んでせんぱいはわたしを貴方につけたんでしょうし」

「星名は囮役《おとり》ってことね」

「その通り。彼《かれ》が本陣《ほんじん》に潜入している間にひっそり、こっそり、手早く行きましょう」

「了解」

「じゃ、アタシはどっかに隠れてよーっと。ヘマしないようにね」

「勿論ですとも」

情報のプロフェッショナルと擬態の達人。

戦闘能力こそ低いが彼女達《かのじょたち》の本領発揮は戦場の血腥《ちなまぐさ》い殺し合いではなく。派手に暴れることだけが戦いではない。

8

闇夜に絶対に紛《まぎ》れないはずなのに紛れてしまっている全身白色コーデ野郎は見張りをすり抜けて城の中へと侵入していた。

それなり以上に見張りはいたが内部に入ってしまえば警戒は低めだ。

(こういう時、異世界に機械がなくて良かったなと思う訳だが)

カメラの位置に気をつけたり、高度なセキュリティシステムに干渉《かんしょう》したりしなくてすむも星名が派手に暴れてルーナ達を逃がせるように。
侵入したことがバレた時に地球側の人間だと気づかれないように、もしバレてたとして
直接的に脅《おど》した方が手っ取り早いのだが今回はバレずに遂行《すいこう》が最優先だ。
見取り図がないので適当にうろつくしかないが要は重要人物の所へ行けばいい。
（ま、あったとしても弄《いじ》れるんだが。専門じゃねぇし不安はあるからな）
のは正直言ってありがたい。

「…………あー。面倒くさい」
そもそも星名は戦闘専門で前線での殺し合いが主な仕事だ。一人で戦場に放《ほう》り込まれて
殲滅《せんめつ》してこい、なんて任務もザラで個人的にもそういった方が楽でいい。
（隠密作戦だとかガラじゃねーわー）
こういった作戦向きの戦闘員を付ければいいのにと心底思う。
もうちょっとどうにかならなかったのか。
そんな他所ごとに意識を割《さ》いていても身体はしっかりと働いていた。見張りの兵士を光
の反射で誤魔化《ごまか》し、気配を極限まで消していく。あてもなく歩く気はない。
目的は執務室《しつむしつ》。もしくは書庫だ。図書塔とやらが存在するとしても、重要な情報などは
手元に置いているはずだという判断からだ。

そこになら大事なものを保管しているだろうとあたりをつけていた。途中《とちゅう》暗殺者と思《おぼ》しき人物がいたのでついでとばかりに確保しておく。

簡単な質問に答えてもらうためにその場で質問を開始した。本来なら時間をかけた方が色々と都合が良いのだが目的はそれではない。脇道《わきみち》に逸《そ》れている自覚はあるので容赦《ようしゃ》もなかった。

何処の国から来たのか、誰を狙《ねら》ったのかだけを聞き出すとそのまま適当に処理しておく。

（なんで俺は敵世界の国の重鎮《じゅうちん》を殺しに来た暗殺者をわざわざ排除《はいじょ》しているんだろうな？）

敵の敵は味方にならないのが戦争である。

これが同じ世界ならどうにかなったかもしれないが異世界の住民など皆等しく敵だ。どういった力関係で成り立っているのかもわからないので下手に手を出されると困るのである。お互《たが》いが牽制《けんせい》しあっているからこそ今地球は何とか保てているのだ。

強国が勝手に潰れてくれる分にはいいがわからないなら現状維持《いじ》が望ましい。

まぁ、手を出してしまって余計にややこしくなった、という可能性もあるにはあるのだけど。

暗殺者から手に入れた情報によるとこの城郭都市の名はディーナ。前面に広大な森、後面に小さな都市を幾つか抱え込む国家らしい。

　都市には水路が張り巡《めぐ》らされ、魔法による自然浄化《じょうか》で清潔に保たれている。それ故《ゆえ》に自給自足が成り立ち、他の都市に頼《たよ》らなくても問題ないらしい。

　つくづく便利な技術だ。前面に広がる森は星名達が侵入してきたように異世界への門の役割を果たしている為《ため》、他の国家から狙われているとのことだった。異世界からの侵入を見張る為ではない。

　地球という資源を得る為の門。多くの国が参加する強奪《ごうだつ》レースで、巨大《きょだい》な保管庫から資源を毟《むし》り取る為には出入り口に近い方が有利だという理由で、たったそれだけで優遇《ゆうぐう》されている都市。

（チッ、胸くそ悪い。下に見られているからこその警戒《けいかい》の無さも加えてな）

　せめて惑星《わくせい》が二つにわかれていれば丸ごと喰《く》ってやれたのに。

　しょうがないことだとわかっていても思ってしまうことだった。なまじ簡単に解決する方法があるのが悪い。苛立《いらだ》ち任せに今やれば自分の立っている大地ごと消滅《しょうめつ》するので流石《さすが》にやらないが。そんなことを考えながら長い廊下《ろうか》を駆《か》け抜《ぬ》けていた彼は曲がり角で不意に飛び出してきた黒い男に驚《おどろ》いて、くるんと天井《てんじょう》まで跳《と》び上がった。

　仲間の誰かが見ればきゅうりに驚いて飛び上がる猫《ねこ》みたいだと言ったことだろう。

それはともかく。

気配に気づかなかった。

戦闘《せんとう》専門とされる星名が、だ。星名の目が鋭《するど》く細まった。向こうは相当な手練《てだ》れだ。

天井から降り立つ際に此方から攻撃を仕掛《しか》けた。敵か味方かなど考えない。此処《ここ》は異世界。民間人なら気配でわかる。そうでなければすべて敵だ。

銀の獣《けもの》が気絶させようと首を狙った瞬間《しゅんかん》。鋭い剣先《けんさき》が獣を切り裂《さ》いた。

空気を爆発《ばくはつ》させてその反動で無理やり自分の身体を振《ふ》り回す。致命傷《ちめいしょう》は回避《かいひ》したが腕を思いっきりやられた。

鮮血《せんけつ》が散り、星名の服の裾《すそ》が切れる。

黒い服、黒い髪、そして紫紺《しこん》の瞳《ひとみ》。

白い服を好む星名とは真逆の存在は無表情に剣《けん》を振るう。

躊躇《ちゅうちょ》などない、何故《なぜ》ここにという疑問も挟まない。敵であると認識《にんしき》したからただ殺す。機械のように融通《ゆうずう》の利かない男であった。

声も出さない姿は本当に生きているのかと疑うほどだ。基本無手で至近距離《きょり》での殴り合いを好む銀の少年はエネルギーの塊《かたまり》を手に正確に細身の剣の側面を叩《たた》く。折る気で打ったが男が拘泥《こうでい》せずに手放した。無防備になった横っ腹に叩きこもうと肉薄《にくはく》する。

だが、男は弾かれた勢いを利用して真上に飛んでいった剣の柄《つか》を握《にぎ》り直して真上から振り下ろすという離れ技を見せてくれた。

振り下ろされた剣と拳《こぶし》がぶつかるとガッキィィインッ！　とおよそ人体から出るとは思えない音を立てて再び剣が弾かれる。

まずいな、と星名は眉を寄せた。

即座《そくざ》に決着がつかない。

音をかき消してはいるがあまり派手に暴れると流石に感づかれるだろう。轟音《ごうおん》は無視できるとしても振動、建物の破壊などは以《もっ》ての外だ。

音の槍だと壁《かべ》ごと貫通《かんつう》してしまうからアウト。

高威力《こういりょく》過ぎるエネルギーを振り回すのも、建物ごと破壊してしまうのでアウト。消滅させてもいいが万が一避《よ》けられると恐らく建物ごと消滅するのでアウト。アウトオブアウトである。

（しょうがねぇな！）

ばかりと口を大きく開けた星名を中心に空気が歪《ゆが》む。頭を押《お》さえてふらつく黒衣の男だったが剣はブレない。転がるように回避した先で床《ゆか》に亀裂《きれつ》が走るのをみた。

流石の星名も戦慄《せんりつ》した。思わず背筋に冷たい汗《あせ》が流れる。

あんなものまともに喰らったら胴体《どうたい》ごと引きちぎられる羽目になるだろう。あの細身の剣を振り回すだけであの威力だなんて、どれだけ剛腕《ごうわん》なのだ。

相当気持ち悪いはずなのに根性《こんじょう》で耐《た》えている男はぽつりと言った。

「異世界人、か」

「さぁどうだろう？　そういう風に見せかけているだけかもしれないぜ」

「いいや、魔力の匂いがない。ならば異世界からの侵入者《しんにゅうしゃ》だろう」

断言だった。

そこまで言われれば隠す必要もないかと頭を切り替える。

「こっちからすりゃそっちが異世界人だがな。…うーん、邪魔《じゃま》しないでくれないかなぁ」

「断る。主人を守る為には容赦しない」

堅物《かたぶつ》な真面目ちゃんめ、と内心で毒づいて再び高速での戦闘が始まる。

だが向こうは星名を生《い》け捕《ど》りにしたいらしい。攻撃の仕方が変わった。腕だの足だのを狙っているが急所となる場所はわざと外している。

（こっちも殺さないで、なんて甘《あま》っちょろいことを言ってられないな。仕方ない）

異様に色素の薄《うす》い灰色の目が一度瞬く。

向こうが手加減してきたが、こちらの手加減はやめだ。

とっとと終わらせる。多少温存したかったが此処で手加減しては此方がやられるのだから。

銀の少年の両手足を囲むように黄金の光が輝《かがや》いた。光に押されるように少年が動き出す。視認《しにん》するのも難しい速度だが、やっている側も制御《せいぎょ》が出来ないというデメリットがある。ある程度の方向は左右出来るが空中で向きを変えてUターンしたりなど細かな動きは出来ない。速度に任せて直線で突《つ》っ込《こ》むしかないのだ。

そしてもう一つ、デカいデメリットがある。

それは、

（下手すりゃ筋肉が切れるんだよなぁ！　流石に！）

縦横無尽《じゅうおうむじん》に駆け巡り、床に天井、壁に至るまでビリヤードの球の如くびったんどったんと動き回ると回し蹴《げ》りを叩き込んだ。

異様な速度での蹴りは元々が人外じみた脚力《きゃくりょく》を有するが故に猪《いのしし》の突進《とっしん》並みの破壊力《はかいりょく》を伴《ともな》う。

当然、そんなものを受けた男は声も出せずに吹き飛んだ。壁に叩きつけられ、一瞬《いっしゅん》で意識を刈《か》り取られる。ずるりと倒《たお》れ込んだ男を横目に星名はそのまま再び駆け出した。

途中で能力を解除すると微《かす》かな残像を残して光が消える。黒衣の男が出てきた廊下の先にある部屋に忍び込んだ。

明かりが消されている為にほとんど暗闇《くらやみ》に沈《しず》んでいたが、光の反射さえあれば星名には昼間のようによく見える。

執務室、だろうか。当初の目的通りの場所に辿《たど》り着けたらしい。

ひとまず周りに誰もいないことを確認《かくにん》して、防音を施《ほどこ》した。

一息つくと彼は口元を手で覆《おお》った。

「ゲッホ、ゴホッ！」

鉄錆《てつさび》の匂いが立ち込めた。

粘着質《ねんちゃくしつ》な、水っぽい音が響く。真っ赤な血を手のひらに吐《は》き出した星名は慣れた手つきで布を取り出し、拭き取った。

「面倒な副作用だ」

星名は長時間戦闘が出来ない。

力を使えば使うほど、身体に凄まじい負担がかかって内臓がズタズタになるからだ。

エネルギーの循環《じゅんかん》を使って再生させているが長時間莫大《ばくだい》な力を引き出し続けるとそれでも追い付かなくなる。

机に広がっていたのは書物。文字は読めなかったが、書物の中に見えるイラストから推測するに何処かの国の歴史や、医学書っぽい人体図といったものがあった。それだけでなく槍や盾を使う人間のイラストが描かれた（恐らくは戦闘指南書だろう）ものなど雑多に置かれていた。適当に【敵国が欲しがりそうなもの】を頭の中に叩きこんでおくとそのまま窓から飛び出した。

内容ごとスクリーンショットしている感覚なので地球に帰ったら紙に書き起こせばいい。落下する前に空気を踏みつけると城の屋根まで飛び上がる。

とん、と屋根に着地をした彼は一歩間違えなくても落ちるような位置で絶妙《ぜつみょう》なバランスを保っていた。

「あー…もう、隠密とは」

派手に暴れる気は一切《いっさい》なかったというのに。

幸い、無音状態は他者が来ない限りは解除されないように調整してあったのと相手が一人だけだったから何とかなった。囮としての役割は果たせているが、それでも見つからないことが最善だった。

「まぁだいぶ時間稼《かせ》いだし」

極端《きょくたん》な話、今すぐに脱出《だっしゅつ》しても問題ない程度には情報を集め終わっている。

ルーナが本命ではあるが、星名の情報だけでも十分な収穫《しゅうかく》と言えるだろう。

腕の傷を処理して自分の姿を見下ろしてため息をついた。真っ白な服装を好んでいるせいで怪我《けが》をすればひどく目立ってしまう。

(黒服に変えるべきか。でもなぁ、頭が目立つからなぁ。白で統一した方が良いというか上から見る限り特に大きな騒《さわ》ぎは起きていない。

向こうはまだバレていないようだがまた中に突っ込んでいくのはリスクが高い。目的のものは手に入れたことだし、とっとと ずらかるのが一番賢明《けんめい》な判断と言える。

さてどうしようかと色々思考を巡らせていると、

「ん?」

図書塔から煙《けむり》が上がっていた。

紙の焦《こ》げる焦げ臭《くさ》い匂いが星名のところまで漂《ただよ》ってきていた。星名の真下と図書塔に近い壁あたりがにわかに騒がしくなっていく。

人がバタバタと塔の中に入っていくのを見て、星名は最初にリリカを捜《さが》した。

クラウディアは迷彩《めいさい》の達人だ。同じ特別技能戦闘員である星名であっても見分けることは出来ない。

ならば待機しているリリカを捜した方が遥《はる》かに効率は良い。

図書塔に潜入《せんにゅう》しているのはクラウディアとルーナだけ。不測の事態に備えたリリカは外にいるからだ。

見慣れた黄色いドレスを難なく発見して銀の少年は屋根の上から足を踏み出した。

9

「リリカ」

まるで流星のようだった。

銀色の尾《お》を引いて獣が地面に着地する。

猫のように体を曲げてあり得ない高さから補助もなしに降り立つ。常人がやれば骨を折るどころではなく間違いなく死ぬ高さから無傷で彼は地面に足をつけた。

彼は特別技能戦闘員。出来ないことを行うのが仕事である。リリカは少年を上から下まで眺《なが》めて小首を傾《かし》げた。

「騒がしいけどどうしたのよ。しくった？」

「当たらずとも遠からず」

「へえ、珍《めずら》しいわね。しかもアンタが怪我をするなんて」

「変な男がいてな。ちょー強かったぞ」

「殺した？」

「気絶止まり。死体を隠《かく》す時間がなかった。重要人物だと後が面倒だったしな。肋骨《ろっこつ》を折ったからだいぶ動けないとは思うけど。起きられたとしてもその頃《ころ》にゃずらかってるし、問題ないだろ。クラウディアとルーナを回収してとっとと帰還《きかん》するぞ」

「その作業は不要ですよ、せんぱい」

まるで蜃気楼《しんきろう》。

いつ現れたかもわからないタイミングでクラウディアとルーナが立っていた。

ルーナは徹夜《てつや》明けしたように目の下にクマを作っている。幼い顔立ちと相まってより不健康そうに見えた。

もはや声を発する気力もないらしい少女はぽすりと星名の腰《こし》あたりに抱《だ》きつく。その背を支えてやりながら、銀の少年がグラマラス少女に問う。

「何があった？」

「仕事の方は完遂《かんすい》したのでご安心を。このお嬢《じょう》さんの頭の中に入っていますので報告は後回しになるでしょうね。……敵国、地球ではなく異世界側での敵と申し上げた方が良いでしょう。つまりは刺客《しかく》ですね、それがガッツリ侵入してきました。向こうが見つかったせいでわたし達も芋《いも》づる式《しき》に」

嫌《いや》な鉢合《はちあ》わせである。

異世界で潰しあってくれる分には全然構わないがそれに巻き込まれるのはごめん蒙《こうむ》る。

違和感《いわかん》があった。

あまりにもタイミングが良すぎる。彼女達が侵入したと同時、ピンポイントで鉢合わせなどするのか？

リリカと同じように違和感を覚えているはずだが彼は気にしない方向にしたらしい。

灰色の目を一度瞬かせて、彼は言った。

「じゃあ今なら正面から出られそうだな。わざわざ人間投石することもないし、普通《ふつう》に出るか。上も塞《ふさ》がれたことだし」

慌《あわ》てて上を見上げれば半透明《はんとうめい》のドームが上空を覆うところだった。ひょい、と片腕《かたうで》でルーナを抱き上げた星名は騒がしい城壁《じょうへき》の方へ足を向けた。

この状況下で密やかに出ようとすれば確実に警戒網《けいかいもう》に引っかかる。行きと同じようにリリカの投石機で飛べば確実に潰れた果実みたいになるだろう。そうでなくても注意を引くのは面白《おもしろ》くない状況だ。

此処はアウェイ。

長引けば長引くだけ危険は増していく。

数という暴力も、彼らに迫《せま》るタイムリミットも。

10

城壁の中はてんやわんやの騒ぎだった。

星名達が堂々と出口に向かっていても誰も気にしない。それもそのはず、クラウディアの迷彩効果は他者をも含《ふく》められるのだ。人数制限はあるが四人程度、隠すことなど造作もない。

しかし。

「敵がいたぞ！」

不意にライトに似た光を灯《とも》す、魔法の剣先を向けられた。

たったそれだけの行為《こうい》で無垢《むく》で艶《なまめ》かしい美女の迷彩が破られる。絶対に見つからないはずの透明《とうめい》マントが。

「は？」

思わず、全員が固まってしまう。

敵地のど真ん中であっという間に囲まれた。

無数の魔法武器が差し向けられる。此処で戦闘が出来るのは星名とリリカだけだ。

二人だけならどうとでもなったが戦えないルーナ達を抱えてとなると難易度は段違《だんちが》いに跳《は》ね上がる。

所謂《いわゆる》足手まといを二つも抱え込んでいるのだから。

そもそも二人がいるのはあくまでも保険であり、大規模な戦闘は想定されていない。

想定しなくても問題ないように組み上げられた、隠密の為だけの迷彩。

その隠密に特化した欺瞞《ぎまん》、擬態《ぎたい》のエキスパートを見破った？　どうやって？

「星名」

「せんぱい」

リリカとクラウディアの声が被った。

特に自分の能力を見破られたクラウディアがわかりやすく硬い。それだけ絶対の自信を持つものをへし折られて動揺《どうよう》している。星名が抱えていた少女をリリカに渡《わた》してきた。

ルーナは何としても地球に返さなくてはならない。一刻も早く休ませる為にも、情報を持ち帰る為にも。彼女《かのじょ》が死んでは元も子もない。当然、捕《つか》まってしまうのもダメだ。

そんなことを考えて警戒していたリリカ達に冷静な声が囁《ささや》いた。

「（クラウディア、二人を連れて離脱《りだつ》。とりあえず街中に潜《ひそ》め。追手がいなくなればそのまま地球に帰還しろ)」

「(せんぱいを置いていけと?)」

「(正直に言おう。一人の方が動きやすいんだ。こんだけ人数に囲まれて守りながらは不可能に近い。一人を囮にするほうが効率良いんだよ)」

囮となれるので生存確率が一番高いのは最前線たった一人で立ち向かい、戦場を支配する星名である。

リリカは最早《もはや》何も言わなかった。

彼女はそれだけ少年の強さを信頼《しんらい》しているから。

やりたくないことだとしても戦場のシビアな空気をきちんと理解している。

躊躇《ためら》いは一瞬だった。

即座に身を翻《ひるがえ》した少女達が影《かげ》に溶《と》けるように消えて無くなる。

残された彼はざわめきに満ちた敵意の中で、ばち、ばちち‼　と断続的に空気を焼く音を響《ひび》かせながら。

その銀の髪《かみ》から黄金の光を放って。

凶悪《きょうあく》に笑ってみせた。

「俺《おれ》に喧嘩《けんか》を売るとどうなるか、身をもって知っておけ」

11

「ふむ、意外と呆気《あっけ》ない」

騎士《きし》どもを敵味方関係なしに全員まとめて倒した彼はぐぐ、と背筋を伸《の》ばしていた。まるで日向《ひなた》で伸びをする猫のように。彼は気軽な動作を見せる。しなやかな筋肉を伸ばしたあと、足元に転がしていた騎士を無造作につかみ上げる。

それは最初にクラウディアに魔法の剣を向けた男であった。

「つーか呆気なさすぎて拍子抜《ひょうしぬ》けレベルだ。この程度でどうやってあいつの擬態を見破ったのかな？」

「ぐ、く、そ……ッ!!」

「答える気なし、と。お疲《つか》れ」

ノーモーションで発動した音波で頭を揺《ゆ》らし、無力化させる。隙《すき》を突こうとしていた騎士様の手から短剣《たんけん》が転がり落ちた。

それを拾う為にしゃがみこむと、背中が無防備に晒《さら》される。

「騎士様ってのは正々堂々じゃねーのかよぉ、いきなり不意打ちとかなに考えてるわけ？」

そんなことを言いながら、少年の手が背中に回る。

轟音を立てて光が魔法をかき消した。

「生憎《あいにく》とネズミに払《はら》う敬意はない。駆除《くじょ》の為には容赦もしない」

おでこを出した勝気な美女だった。

豊かな胸元《むなもと》を覆う金属の鎧《よろい》は銀色に光り、手に持った同じ色の盾《たて》と槍は一つの芸術品のように馴染《なじ》んでいる。多少形は違《ちが》うが【紅の騎士】と同じタイプの鎧だ。あちらが攻撃主体とすればこちらは防御《ぼうぎょ》主体だろう。腹や胸などをしっかり守っている。

氷のような鎧とは真逆の燃える炎《ほのお》のような鮮《あざ》やかな赤毛が酷《ひど》く印象に残った。

全体的に騎士というより戦乙女《おとめ》を連想させる。此方《こちら》の鎧や武器も生半可なものでは傷一つつかないだろう。

だが。

「(随分《ずいぶん》勝気なお嬢ちゃんだが強さはそこまでもねぇな)」

「ネズミ風情《ふぜい》が小細工を弄《ろう》してもこの私の前には無意味。我《わ》が槍の糧《かて》とするのも不敬だが、特別に許そう。貴様はネズミにしてはやるようだからな」

「(ふぅん。全力で舐《な》められてるけど、油断自体はしないタイプか)」

では、その自信ごとへし折っていくとしよう。

緩《ゆる》く灰色の目を細めた獣は。一瞬で離《はな》れていた距離を詰《つ》めていた。

基本無手。

そのスタイルを崩《くず》さない星名だが手に柄も刃《やいば》もない、ただ黄金の細長い棒を手にしていた。正確に言うならば細長い形をしたエネルギーそのもの。エネルギーの形を丸くするのではなく、無理やり引き伸ばした状態だ。触《ふ》れただけでその場所から消滅させる。床に触れた先がまるでバターのように溶け落ちていた。

ぐにゃりと凹《くぼ》む現象は魔法でも再現することは不可能だろう。そんなことをすれば持ち手もただではすまない。それほど高密度に圧縮したエネルギーだった。

だが、流石は魔法の世界。金属も通常のものとは違うらしい。硬《かた》い音を響かせてエネルギーの塊を受け止めた。

「なるほど」

少年の手足が躍《おど》る。

まるで舞踊《ぶよう》でも踊るように。

あくまでも滑《なめ》らかにその身体を縦横無尽に動かして不規則な攻撃へと転化させる。床に散らばった他の兵士の武器を足先でかっ飛ばし、時に指先で掴《つか》み取り、瓦礫《がれき》の礫《つぶて》を放った。

その度に美女の身体に傷が走り、壁に激突して、床を転がった。

拮抗《きっこう》ではない。

圧倒的《あっとうてき》な蹂躙《じゅうりん》だ。

わざと攻撃の瞬間を知らせて致命傷を避けられるように誘導《ゆうどう》している。

何度も、何度も。エネルギーの剣を当てればそれで終わる話なのに。

疲労《ひろう》して致命傷を負うまで死ぬまでいたぶっているのだ。

流石に【接待】がわからないほど阿呆《あほう》ではないようで美女の騎士様は激昂《げきこう》していた。

「真面目に戦え！」

「弱者に合わせた攻撃方法取ってやってるのに失礼な奴《やつ》だな。一撃《いちげき》で終わらせたらつまらんだろう」

【星の歌】で物理的に頭を弾《はじ》けさせても良かったのだ。それをしないで相手の土俵で遊んでいるというのに怒《おこ》られるのは心外だった。

弱者が口を開けば隙ができる。

とん、と細い光の棒が鎧を貫通する。ごっそりと肉を抉《えぐ》るのではなく、銃弾《じゅうだん》のように突き抜けさせる。どしゃりと騎士が床に転がった。

魔法の鎧で守られたその横っ腹をあまりに簡単に貫《つらぬ》いてしまう。高密度のエネルギー塊を指先で回す規格外の存在は今まではただ遊びなのだと何より雄弁《ゆうべん》に見せつけた。

科学技術の一切が通用しない戦場の最前線で、たった一人で敵を殲滅するもの。

戦闘に特化しきった、個人で戦争の兵器を名乗るほどの化け物が。

エネルギーを消した星名は槍を掴むと穂先《ほさき》に指を滑《すべ》らせる。ルーン文字が刻まれたそれらは中に蛍光灯《けいこうとう》でも入れてあるかのように、不規則な光を放っていた。

クラウディアの擬態を破った剣も手に入れて軽く検分する。耐久度《たいきゅうど》を試《ため》すように手のひらに力を込めれば呆気なく砕《くだ》け散ってしまった。

拾った短剣も何もしていないのに砕け散る。

（魔法道具は壊《こわ》しにくい筈《はず》なんだが。しかも勝手に壊れた……。あれ、これ俺のせいじゃないよな？　どうなってるんだろうか。量産型の安物…、いや使い捨て前提か？）

砕けた破片《はへん》を布で包んでポケットに突っ込む。

詳《くわ》しいことは研究所にでも任せればいいだろう。

問題は何故見破れたのか、だ。

それを調べなければ此方としても安心して動けない。

戦闘になっても問題ないのならともかく。クラウディアが一人で諜報員《ちょうほういん》として活動している時に不意打ちでバレてそのままお陀仏《だぶつ》、なんてことは絶対に避けなければならない。

「なーんか科学の匂《にお》いがするな」

此方側の技術の匂いが。そして異世界に存在してはいけない匂いである。

何かまたきな臭くなってきたなぁ、と憂鬱《ゆううつ》気味に少年はため息を吐き出した。

12

「ひっく、うぇぇ……」

「なんだよなんでガチ泣きなの？」

追手を丸ごと引き受け、それを壊滅《かいめつ》させた上で安全に地球に戻《もど》ってきた星名は先に帰還していたクラウディアとリリカにガチ泣きで出迎《でむか》えられていた。

「ぐじゅ、えぐぅ…」

「最早人語を放棄《ほうき》している、だと…ッ！　やめてくれよ二人して！　罪悪感がすごいけど何が悪いかわからない！」

「だからお前はダメなんだ」

「更《さら》にダメ押しで怒られたけど、わからねーものはわからねーんだからしょうがなくないか？」

まさかのアナスタシアにまで怒られるがアレが最善の策だったはずだ。彼の判断に間違《まちが》いはなかった。

女の子を置いて逃《に》げる訳にも、守り切れるかわからない戦闘に巻き込む訳にもいくまい。

一番戦闘に長《た》けていて、それでもって帰還できる自信があった星名がこれ以上ないほど適任だったのだ。追手さえ引き受けられればクラウディア達は逃げ切れると確信していたのもある。

それに彼の特性上、一人で戦うのが一番良い。

「ぐっす、わかってますよぉ、わかってるんですけどそれでも気持ちは追いつかないっつーかぁー！」

泣きながら艶かしい少女が目を擦《こす》る。

それを柔《やわ》らかく押さえてハンカチで拭《ふ》いてやりながら困ったように眉《まゆ》を寄せていた。

無傷じゃないとしてもみんな一緒《いっしょ》に帰りたかった。

そんなところだろう。効率で考えるなら愚策《ぐさく》だがそこに込められた気持ちを否定する気はない。

「そうは言ってもなぁ……戦争なんだし仕方ないだろ」

拳を振り上げ、どすどす言葉もなく殴《なぐ》ってくるリリカを受け入れながら。

それでも星名は笑っていた。

「感動の再会はそれまでにして。仕事の話に戻るぞ」

「うーん、情緒《じょうちょ》がない。まぁ構わないけど。ほら、これ」

ぽい、と放り投げた布の塊を軽くキャッチして美人指揮官様は中を改める。

「これがどうした？」

「こっちの技術だろ。クラウディアの擬態を見破りやがった魔法《まほう》（笑）の道具。これ、水《すい》晶《しょう》とか純金で出来てるんだよな」

「ぐす、でもそれだけだと地球産とは言えないんじゃないですか？　むしろ向こうの方が宝石とかの普及率《ふきゅうりつ》は高かった筈ですよ」

「材料はただの付随品《ふずいひん》。加工の仕方に問題があるんだよ」

「ひっく、加工の仕方？」

「ルーン文字があるのおかしいだろ。異世界だぜ。文字が読めないからルーナを連れて行ったのにさ」

「あ」

そう、星名が読める文字があることがおかしい。

今でこそ繋《つな》がっている世界だが歩んできた歴史は全く異なるものだ。故に進化した文化、文明共に同じ部分など存在しない。

魔法が発達している道具などは特に。文字も文脈どころか形から別物なので解読専門の部門まであるぐらいなのだ。

そんな中で地球の人間である星名が知っているのは非常におかしなことだった。

古代より金や水晶、銀などは魔法といった神秘的なものと相性《あいしょう》が良い。

それが実際、地球で効果を発揮するかはともかく異世界では発揮した。

そういう事実があるのだ。

驚いて涙《なみだ》も引っ込んだリリカが首を傾げて、

「え、じゃあ地球産のものがなんで異世界にあるの？」

「俺だって知らないよ。なんかきな臭い話になってるなってだけで」

四人で顔を見合わせても答えが出てくるわけではない。

釈然《しゃくぜん》としない気持ちを抱《かか》えて全員で首を傾げる羽目になった。

CHARACTER

名前

クラウディア

Claudia

性別 / 年齢

女 / 18歳

身長

165cm

目の色

緑

髪の色

薄めの金の髪

性格

小悪魔

能力

カメレオンのようにその場に溶け込む魔術に長ける

CLAUDIA

第三章▼▲地球：//サハラ砂漠殲滅作戦

1

「喜べ、戦闘狂《せんとうきょう》。仕事の時間だ」

「人を異常者みたいに言うんじゃねーよ。別に戦闘好きじゃねーし。あとなんでそんな格好な訳？　軍の将官様だろ、軍服どうした」

きっちきちに着込《きこ》んだ軍服の上からでもわかるたわわなお胸をお持ちの美人指揮官様アナスタシアは何と水着であった。

ビキニである。

これ以上ないナイスバディを前面に押し出してビニールプールで白い脚《あし》を伸ばしていた。

「ご褒美《ほうび》なの？　それとも何かの罰《ばつ》ゲームでも待ってるの？　何だろうと見るけどさぁ」

「ねぇ、アタシは？　アタシも水着なんですけど！」

「女の子はいっぱいいた方が目の保養だよな。あれ、これセクハラになるんだっけか？」

「なるって言ったらぶん殴っていいかしら！」

「どうどう。つーか言う前に殴ってるって」

どうやら返答を色々と誤ったらしい。

バゴンドゴンと人体から鳴ってはいけない音が響く中、呑気《のんき》な星名《ほしな》の声が通る。

リリカ。本名かどうかも怪《あや》しい名を名乗るツインテールもいつものドレスではなく黄色のビキニにお着替《きが》えしていた。

色はいつもと同じだ。成長途中《とちゅう》のしなやかな肉体はアナスタシアとは違った、健康的な色気がある。

「まぁそれは置いておいて。俺に仕事ってことはまた最前線で殲滅《せんめつ》作戦でもするのか？」

場所を再び移して今度はカラカラに乾《かわ》いた熱気、灼熱《しゃくねつ》の大地と化した世界最大規模の砂《さ》漠《ばく》地帯、サハラ砂漠に部隊は展開していた。

黙《だま》っていても汗が滝《たき》のように流れる。はずなのだが。

「相変わらずアンタはその格好なのよね」

少年はシンプル極《きわ》まる白のシャツとスラックス、そしてモコモコのファーがついたパーカー素材の上着だった。

そう、何もしていなくても熱中症《ねっちゅうしょう》になりそうな気候の下で上着（モコモコのファー付き長袖《ながそで》）を羽織っているのだ。

軽めの自殺志願者かってぐらいの格好をしているがやっぱりいつも通り汗の一つも見られない。

加えて言えば新雪みたいにまっちろいお肌《はだ》は日焼けも知らぬ存ぜぬでかんかん照りの下、その白さを保っていた。

「アンタは絶対人外の道に踏《ふ》み出していると思うわ。この日照りの下で日焼け止めなしとか信じられない。どうやってる訳？」

「日差しもエネルギーの一種だからな。操作も自由自在」

「理屈《りくつ》がわからん」

「別にカットする必要もないんだが、消費しないと色々と面倒《めんどう》なモンで。地球って規模小さいよな。消費効率が悪い」

「そりゃあ宇宙は広大というか果てしないし？　その規模小さい惑星《わくせい》の上に乗っかってるアタシ達なんて微生物《びせいぶつ》レベルでしょうけど。そんなに消費しないとヤバいもんなの？」

「それもあるけど単純に面倒くさいんだよな。スーヴィの機嫌《きげん》が悪くなるんだ。嫌がらせでやけ食いされていきなり銀河系が消えましたとかシャレにならん」

「そのスーヴィって【惑星食《わくせいく》らうもの】？　意識あるの？　生命体は生命体なんでしょう

けど、こう…人間みたいな意識や心が？」

「ないしょー。意思疎通《そつう》ぐらいは出来るよ。汲《く》み取ってくれるかは別としてな。でないと俺がどうやって能力使ってるのかって話になるだろ」

「無駄話《むだばなし》はそこまで」

放っておくとどこまでも脱線《だっせん》していく特別技能戦闘員《せんとういん》二人にビキニのアナスタシアがぴしゃりと話を打ち切った。

正規軍人でないとはいえ、彼《かれ》らも軍に所属しているのでぴたりと黙る。

「ルーナの情報により判明したのは地球側に情報提供者という裏切り者がいたことよ」

「あぁ、やっぱり」

「犯人は？」

「フィールド・カルナティス。外交官のトップ様。まぁ言うなれば異世界との交易をしている奴がズブズブに腐《くさ》ってたって感じかしら」

「クソじゃん」

言葉が悪いぞ、と言いながらもアナスタシアは否定しない。彼女もそう思っているのだろう。端末《たんまつ》を操作し、詳しい情報を送ってやりながら話を続ける。

「で、だ。その外交官のトップ様は地球側を支配してもらって自分が王様になる夢を持っていらしい。なんとも笑えることにな」

「そいつ締《し》めあげれば異世界の情報が簡単に手に入るんじゃないか？　フェイク掴まされてる可能性だってあるだろうけど、ないよりゃマシだろ」

「上も同じ考えよ。だからお前の出番」

「不正行為がわかっているなら軍法機関というか督戦《とくせん》の仕事だろ。俺の仕事に裏切り者の処罰《しょばつ》はないの。つーか俺が出たら死ぬぞ、そいつ。情報取るとかそんなレベルじゃないんだけど」

「軍事裁判を開くまでもなく有罪だから異世界側に殺される前にこっちが殺さないといけなくなったの。莫大な戦力を投入してもな。情報は後で集める方針だ」

「ただのおっさん一人でしょ？　適当に軍隊差し向ければいいんじゃ……」

「俺みたいの入れるってことは似たような奴が向こうにもいるんだろ。情報はそいつから取ると見たね」

「【ワールド・ストーム】。星名、お前も馴染み深《ぶか》い奴のはずだぞ。同じ世界を背負うものとしてな」

2

「俺、あいつ苦手なんだよなぁ……」

特別技能戦闘員には階級がある。ワールド、カントリー、アドバンス、ジェネラルの四つだ。これは扱《あつか》う能力の強大さによって振《ふ》り分けられている。

星名は【ワールドクラス】、リリカやルーナ、クラウディアなどは【カントリークラス】である。

星名は世界そのものを壊すこともできるほどの強大な力を持っているからこその【ワールドクラス】。リリカやルーナ達は国に影響《えいきょう》を及《およ》ぼすほどの力だが世界までは覆えない。だから【カントリークラス】。そういった分類なのだ。

つまり、今回の敵である【ワールド・ストーム】は星名と同じく世界に影響を及ぼせる力の持ち主である。

「どんな奴なの？　その、【ワールド・ストーム】とやらは」

「【ワールドクラス】の中じゃ新参者だよ。名前はギルカルテ・シルバースタン。男だ。俺よりちょい年上。扱う能力は極悪《ごくあく》だがな。俺よりタチが悪い」

「どんな能力？」

「そのまんま」

ありとあらゆる天候を網羅《もうら》し、望む時に望む規模で天候を支配する嵐《あらし》の王。

宇宙を飲《の》み込む【科学魔術《まじゅつ》】を持つ星名とはまた違った方向に尖《とが》った戦闘《せんとう》特化の能力者。

「籠城《ろうじょう》するにはもってこいの能力だぜ。何せ周りを砂嵐《すなあらし》で囲めば良いんだから。砂漠って
いう地形の使い方も上手《うま》い」

サハラ砂漠のど真ん中に存在するゴーストタウン。

そこがターゲットとなった外交官のトップ様が籠城している場所だった。その周りを雲すら突《つ》き抜《ぬ》けるほどに巨大《きょだい》な砂嵐が永遠と渦巻《うずま》いている。

「フィールド・カルナティスの首を手に入れるだけだから相手をする必要がないはずなのに相手をしないと入れないっていう……ちょー面倒くさいわね」

「子飼いにしてる特別技能戦闘員が他にもいるらしいからな。一番の戦力がギルカルテってだけで」

「何にせよ、あの砂嵐どうにかしないと何も出来ないわよ」

「そーだなー、そしてリリカ。お前の役割はないと思うんだが何できたの？　危なくない？」

「何故《なぜ》だか知らないけれどアンタとニコイチ扱いなのよね。お目付役的な（個人的には嬉《うれ》しいんだけどさ）」

「へえ？　そりゃまた大変なこって。それにしても砂嵐なぁ……。どうやって突破《とっぱ》するか」

「下手に突撃《とつげき》かましても全身紙やすりにかけられるより悲惨《ひさん》な運命辿《たど》るからね。しかも普通の砂嵐と違って風がなくしてくれないし」

「その為《ため》の特別技能戦闘員だからな。自然現象操《あやつ》れるって触《ふ》れ込《こ》みで【ワールドクラス】なんだし」

さて、と見張りの位置から立ち上がった星名は軽く腕《うで》を伸ばす。

「こっちも対策用に土木工事の専門家がいるんだ。俺が派手に囮《おとり》になるとしようかな。どうせ派手に暴れてやるからその間に地下から侵入《しんにゅう》してくれ。……なんか最近こんな役回りばっかじゃないか？　いや、マジで」

「なら、アタシも行くわよ」

「ダーメ」

ツインテールの頭をぽんぽんしながら彼は言った。

「こういう危ない役目は男が黙って行きゃいいの」

3

「うーん。こりゃちょっと予想外だなっと」

砂嵐を【物理的に掴んで】振り回しながら飛んできた刃を弾く。

「お前までいるとは。まさかまさかの事態だぜ」

「貴殿《きでん》とは一度全力で戦いたいと思っていたんだ。その機会が訪《おとず》れて私は今とても嬉しい」

「刃物《はもの》マニアはお呼びじゃねーんだよ、帰れ」

それはありとあらゆる刃物を取り揃《そろ》えた者。真鍮《しんちゅう》、鉄、銀といった金属で造られた武器を自分の手足の延長のように自在に操る刃そのもの。

【歩く処刑器具《しょけいきぐ》】と呼ばれるその男。その所以《ゆえん》はあらゆる刃を支配すると同時にギロチンの刃を常に展開しているところからきている。

「(くっそ、こいつ苦手なんだけどな!?)」

基本無手で殴り合うスタイルの星名は数多《あまた》の武器を操るこの男が苦手だった。

武器がいくつかという程度ならやりようがある。

だが全方向から飛んでくる刃を相手取るのは骨が折れるのだ。離れても空中に浮《う》かんでいる刃物が迫ってまともに対応できない。エネルギーの弾《たま》を打ち出しても盾のように刃物に相殺《そうさい》されてしまう。

よって手近にあった砂嵐を重力で鷲掴《わしづか》みにし振り回すなどという暴挙に出ているわけで

ある。

「流石《さすが》だ、【銀の惑星】。これほどの武器を揃えても貴殿に傷一つつけることが敵《かな》わない」

刃を弾くのは砂嵐。

風に舞《ま》う細かな砂粒《すなつぶ》があっという間に刃そのものを削《けず》り取っていく。だがそれはコントロールを誤れば自らを削り取る諸刃《もろは》の剣《つるぎ》だった。

しかし星名には何の躊躇《ちゅうちょ》もない。重力を変化させて時には軽く、時には重くと打撃《だげき》の強さすら変えて見せていた。

既《すで》に一時間強。

銀の少年が有利に見えているが実際のところ隙がなくて倒《たお》せない。速攻《そっこう》勝負を常とする彼にとってこれ以上ないストレスだった。武器として掴んでいる砂嵐が不安定なものだからという理由もある。

彼が掴んでいるのは【ワールド・ストーム】が作り出した砂嵐。もし彼が何かの理由で砂嵐を消されれば星名は武器を失ってしまう。出来るならば武器が手元にある状態で終わらせるのが望ましい。

つまるところ、いい加減にしろこの野郎《やろう》とイライラマックスなのである。

「(…呑《の》むか)」

物部《もののべ》星名は短気な性格であった。

堪《こら》え性《しょう》がないともいう。

基本的な部分であればそれなり以上に気長だが、戦闘になると何はともあれさっさと終わらせる精神に切り替《か》わってしまうのだ。長時間戦闘ができないという制約のせいもあるのだが。

我慢《がまん》できなくなった彼は世界を丸ごと飲み込んだ。

4

「あー……やっべ………ちょっとやり過ぎたかも」

砂嵐ごと刃物が消滅《しょうめつ》する。

何なら星名が立っていた場所を中心として円形の窪地《くぼち》が出来上がっていた。どうやら彼の苛立《いらだ》ちに反映して出力がちょっと上がり過ぎてしまったようだ。

「……どうする気だ？　お前の能力って準備が大変だが後が楽なタイプだろ」

獲物《えもの》をすべて失った処刑人など何も恐《おそ》ろしくはない。

茫然《ぼうぜん》と膝《ひざ》をつく様は敗者そのものだった。

肩《かた》を震《ふる》わせる男に声をかけた銀の少年に対し、ばっと勢いよく顔が上げられた。

「ブラボー！　素晴《すば》らしい？」

恍惚《こうこつ》とした表情だった。

端整《たんせい》な顔立ちをこれ以上なく蕩《とろ》けさせ、頬《ほお》を赤く染めた表情は恋《こい》する乙女のように純真だ。

「さぁ殺せ！　これは実戦だ。模擬《もぎ》戦などではなく命のやり取りを行う戦場だ！　貴殿ほどの強者に殺される！　これこそが我が運命！」

「だからお前が嫌《いや》なんだよ！」

思わず絶叫《ぜっきょう》した。

少女が見れば思わず見惚《みと》れるような顔も銀の少年にとっては気色悪いの一言で終わりである。彼が男を苦手とする理由の一つで最大なのがこれであった。

口を開けば強者、強者と喧《やかま》しいことこの上ない。

自らが戦闘に特化した能力であるからこその弊害《へいがい》なのか本人の頭がどうかしちまったのか（星名としては後者だと断言するが）彼は星名に殺されることを渇望《かつぼう》している。

模擬戦で会った際、仮にも仲間であるので殺さないように細心の注意を払って手加減したことが大層お気《き》に召《め》さなかったらしく全力でもって殺し合い、最終的に殺されたいと出会うごとに言ってくるのである。

それだけならまだ我慢できる。喧しいが、そこまでの害はない。

問題は…。

「やっぱりかよ！　いい加減にしろよお前！　自分の欲望の為に裏切り行為するとかさぁ、この前は任務放棄だったし！　どこまで学ばないんだ、お前の頭は飾《かざ》りか？　頭ん中まで金属でガッチガチにできているのか？」

星名に殺される為に何でもするところである。

任務放棄は軽い方で敵に情報を流す、今回のように不祥事《ふしょうじ》が起こった際、わざと敵方に与《くみ》して出張ってくるなど挙げればキリがない。

「あぁ！　その激情を存分にぶつけて殺してくれ！」

「お前マジで半殺しだ！」

ブチ切れた星名が拳《こぶし》を振り上げ。男の恍惚度《こうこつど》があがった。

5

「…おいおい、ちょっとやり過ぎなんじゃねぇか？」

砂漠には絶対に合わない、分厚い寒冷地仕様の外套《がいとう》の中にスーツを着込んだ男だった。

灰色の空を模したような鈍《にぶ》い曇《くもり》の髪と深い青色の瞳《ひとみ》。

鍛《きた》え上げられた分厚い身体と高い身長を持つ男、ギルカルテ・シルバースタン。

【ワールド・ストーム】の名で知られる世界を覆《おお》う嵐の王である。

「あぁ？」

実に貫禄《かんろく》のある、これ以上なくドスの効いたあぁ？　であった。その手にボッコボコに顔を腫《は》らした元は美しい男だったものを掴んでいるせいで余計に。びく、びくと反射で指を震わせる様は死体の痙攣《けいれん》を思わせる。

灰色の男が意外そうな声をあげた。

「なんだ、殺してやったのか？」

「んなわけねーだろ、半殺しだ」

星名に殺されるのを望んでいる処刑人を殺す訳がない。

きちんと反省してもらう為にも絶対に生かしたままにすると決めていた。

ただし、苛立ちがないという訳ではないのでボコボコのタコ殴りにしただけだ。暫《しばら》くは痛みに苦しむだろう。

「ギルカルテ・シルバースタン。お前が引けばおっさんの首一つで済むんだが引く気は？」

「ギルで良いぞー。手前と殴り合う機会を逃《のが》せって？　新参者は【ワールドクラス】の中でも弱いって思ってないか？」

挑発的《ちょうはつてき》な青い瞳と見つめ合う色素が抜けた灰色が苛烈《かれつ》に光った。

その身体から黄金の光が弾ける。一瞬《いっしゅん》で男から手を離した少年が掻《か》き消えた。瞬《まばた》きの間にその手が男の急所に迫《せま》る。そこに一切《いっさい》の躊躇はなかった。

「やめだ、やめ」

灰色の男が両手をあげる。

ぴたりと髪一筋残してエネルギーの塊《かたまり》を纏《まと》わせた指先が止まった。

瞳孔《どうこう》をかっ開いた少年は無言で睥睨《へいげい》してくる。その眼光にも怯《ひる》まずにギルカルテは気楽に言った。

「手前と殴り合って環境破壊《かんきょうはかい》に勤《いそ》しんでも楽しくなさそうだ。遊びをいれずに速攻で片付けにきそうな、余裕《よゆう》のない手前とじゃな」

「お望み通り惑星のかけらごと吹《ふ》き飛ばしてやっても構わんぞ。雷《かみなり》でも雪でも何でも来い。丸ごと消滅させてやる」

「おーおー、威勢《いせい》のいい事でって言えたら良いんだが。ガチだな手前。ブチ切れじゃねーか」

「ブチ切れさせたのはそっちだろ。仕事の邪魔《じゃま》しやがって」

「だからやめるって。邪魔するなら爆弾《ばくだん》低気圧とか生み出して街ごと雨の中に沈《しず》めてるよ。今頃《いまごろ》はちゃんと確保されてるんじゃないのか？　あぁ、目的としては処刑か」

　その言葉を聞いて漸《よう》やく星名は手を下げた。

　ここまでの会話をする中、指先を震わせるだけで頭を貫ける位置を保っていた少年がヤバいのか、はたまた致死《ちし》圏内《けんない》にいながらも気負いなく話していた男がヤバいのか。

　油断などせずすぐに殺せるようにその手のひらにエネルギーを集めながら銀の少年は問いかけた。

「ギルカルテ・シルバースタン。何故、こんなことをした。やめるのならば最初に砂嵐を起こすときにでもやめればよかっただろう」

「ギルで良いって前に言ってんだろー？　まぁどっちでも良かったんでな。地球も異世界もオレにとってはどうでもいい。……あのクソ野郎がオレのアイツを送った、だなんて言わなきゃこんな回りくどいことしてねえよ。【水晶乙女《すいしょうおとめ》】。聞いたことあんだろ」

「あぁ。………恋人《こいびと》か」

「おう。まぁこんなご時世だ、戦争の最前線にいるからにゃ覚悟《かくご》はしてたが味方のせいってんなら話は別だろ。守る為なら何でもするさ」

「なるほど、恋人の居場所と引《ひ》き換《か》えか。特別技能戦闘員は正規軍人じゃないからな、命令して反旗を翻《ひるがえ》されるのが怖《こわ》いと。やばいことやってる自覚があるなら最初からやるなよって話なんだが。実際殺害命令出てるし。しかも俺《おれ》に。【ワールドクラス】を使うなら同格のやつが出張ってくるってわかってただろうが」

「まぁな。俺という守るやつがいねぇならすぐ終わるだろうとは思ってたよ。最大戦力は此処《ここ》にあるんだから。まあ、そんな訳で守ってたんだが。流石になぁ、手前が出て来たらデメリットがデカい。殴り合いするとここいら一帯吹き飛ぶだろうし？」

「恋人より自分の命か？　結構なことで」

嘲笑《あざわら》うような星名の言葉にギルカルテは甘《あま》く微笑《ほほえ》んだ。

端整な顔立ちの男が柔く笑《え》みを浮かべる様は想像以上に艶《なま》めかしい。

銀の少年は心底嫌そうな顔を全面に押《お》し出してみせた。

「手前なら生きているとわかれば絶対に助けに行くからな。手伝ってもらえるのはちょうど良い。それに、無能なやつなど必要ないだろ。オレが殺してやりたいぐらいだ」

「俺が手伝う前提かよ」

「手前は絶対に手伝うよ」

確信に満ちた声だった。

「見捨てられないだろう。理不尽《りふじん》な人体実験をされていても、戦場で見捨てられそうになっていても、一般《いっぱん》兵士の囮にされて後に引けなくても。同じ特別技能戦闘員は絶対に。だからいつも情報を集めているんだろう。助けられるように、何が助けになるのかを把握《はあく》する為に。なぁ、【ワールドクラス】の先輩《せんぱい》さんよ」

「そんな御大層《ごたいそう》なものじゃない。ただの趣味《しゅみ》と仕事効率の為だ」

「そういうことにしといてやる。で、どうする？　手前はこの事を知った。その上で知らないフリを通すか？」

「……手伝うよ」

苦虫を百匹《ひゃっぴき》すり潰《つぶ》して飲んだみたいな顔でぼそりと呟《つぶや》く星名。

勝利を確信したギルカルテがにぃとあくどい笑みを浮かべた途端《とたん》。

「と、言いたいところだが」

少年の腕が伸《の》びる。

油断しきっていた男の首元を容赦《ようしゃ》なく突いて気絶させた。意識が飛ぶ瞬間《しゅんかん》、伸ばした手が腕を掴む。

細い腕だ。

荒事《あらごと》には向いてない癖《くせ》に砂嵐を掴んで振り回すほどの強い腕。力の限り握《にぎ》り締めた腕は痛いだろうに少年の表情は微塵《みじん》も動かなかった。

「お前は取《と》り敢《あ》えず反省会」

「ガキが。生意気、だ」

両腕《りょううで》にむさくるしい男どもをひっさげる羽目になった銀の少年はため息を一つ吐《は》き出した。

どうやらおっさんのせいで異世界に出戻《でもど》りすることになりそうだ。

6

「フィールド・カルナティスの首を取ってこいと言ったのにどうしてむさくるしい男二人を引きずって来たのか説明を」

「俺だってこんなど変態とヘタレを連れて来たくはなかったよ。砂漠の真ん中に放り出したって生きて帰ってくるような奴《やつ》とかな！　しかも野郎!!」

「本当にお前は見境がないな」

「人を節操なしみたいに言うんじゃねえよ。とんでもねぇ誤解なんだが。こいつ、一応情報提供者だぞ、頑張《がんば》って引っ張ってきたのに！」

「でもおっさんの首はちゃんと持って帰ってきたわよ？　砂嵐なくなった途端に妨害《ぼうがい》という妨害が消え失《う》せたもの。中にいた人達も大したことなかったし。あれって星名のお陰《かげ》なんでしょう？」

「俺だが！」

両手で引きずっていた男二人を転がすとアナスタシアがギルカルテの方をげしげし蹴《け》っ飛ばして叩《たた》き起こす。

賢明《けんめい》な判断だ。もう片方は微塵も役に立たないことをきちんと理解していらっしゃった。恍惚の表情を浮かべて気絶していたから触《さわ》りたくなかっただけかもしれないが。

「ぐ、」

「起きろ戦犯。貴様には聞きたいことが山積みなんだ」

気絶させられただけなのでパチリと目を開いた男は速《すみ》やかに身体を起こした。分厚い北国仕様のコートを羽織った男は銀の少年を見る。

「星名」

最初にまず確認《かくにん》するのが何故自分なのか。

色々と問いただしたい気持ちはあれど、アナスタシアの眼力がちょっと半端《はんぱ》じゃない圧を放ち始めているので彼は大人しく話を進める方を選んだ。折檻《せっかん》はごめん蒙《こうむ》る。

「報告はしたが自分でも説明しろ。そこの正規の軍人サマを動かせるような説明をな」

「手前さえ手伝ってくれれば終わる」

「何か勘違《かんちが》いしてないか？　確かに放っておけないが俺が一人で先走るほどの情もない。正規軍人ではないが何でもかんでもできる訳じゃない。規律を守る義務がある。破れば罰だってあるんだ。自分だけは特別だとでも？　【ワールドクラス】を甘く見るなよ」

「それでも、だ」

色素の抜けた灰色の目が苛烈に光る。

ざわりと殺気が肌を突き刺《さ》した。お互《たが》いにしか伝わっていない会話を始める二人を見かねたアナスタシアが口を挟《はさ》む。

「痴話喧嘩《ちわげんか》をするなら放り出すぞ」

「恋人持ちの野郎と痴話喧嘩とか言うのやめてくれるか？　気色悪い！」

かけられた言葉に反応したのは星名だった。

ギルカルテは冷静に受け流し、

「特別技能戦闘員、個別識別コード【水晶乙女】がクソ野郎のカルナティスに売られたんだよ。居場所を教えてもらう代わりに護衛をしていた」

「【水晶乙女】……前回の南極作戦に組《く》み込まれていたヤツね。特別技能戦闘員の安否だけ不明になっていたがそういうことか。とことんまで腐った野郎だな」

「そんなことならもうちょっと痛めつけてから殺せばよかったわね。あっけなくやっちゃったわ」

星名が南極作戦に引っ張り出されたのは他の特別技能戦闘員では手に負えないと判断されたからだ。

そして彼の前に担当していたのが【水晶乙女】である。

城塞《じょうさい》の中に引きずり込まれてそこから連絡《れんらく》が途絶《とだ》えていた為に死亡扱いになっていた。生きているのならば助け出すことは可能だろう。リリカがアナスタシアに問いかける。

「救出作戦を組むの？」

「無理だな」

即答《そくとう》だった。

ギルカルテの怒《いか》りに煽《あお》られて外で雷の音が鳴る。

リリカが僅《わず》かに瞳を細めた。

ここにいる正規の軍人はアナスタシアだけだ。リリカも、星名も、ギルカルテも特別技能戦闘員である。彼らは軍に所属していても正規の人間ではない特殊《とくしゅ》な立ち位置にいた。所属に囚《とら》われないで仕事ができるというものである。

つまり戦場を渡《わた》り歩くことが可能なので自分が望む場所に勝手に移動しても咎《とが》められないのだ。たとえ【作戦行動中だとしても】。

特別技能戦闘員が重宝されるが同時に腫《は》れ物扱《ものあつか》いされる理由はそこにある。機嫌を損《そこ》ねれば任務の最中に匙《さじ》を投げられかねない。特別技能戦闘員にしか出来ないことを放棄《ほうき》されれば困るのは部隊だからだ。

だからこそ余計な爆弾を抱えるのは危険だと皆《みな》が皆、恐々《きょうきょう》としながら顔色を窺《うかが》っている。

そんな中でのアナスタシアの発言は自分の部隊をも危険に晒《さら》す言葉であった。

「それはつまり、特別技能戦闘員など放っておけ、と？」

「違《ちが》う。大々的な救出作戦を組むのは無理だと言っている」

「どういうこと？」

「まだ軍に内通者がいるんだ。見せしめとしてフィールド・カルナティスの首を晒すつもりだが効果はわからん。だが動揺《どうよう》はするだろう。なにせ【ワールドクラス】に守られていたのに殺されたんだからな。ただ、今大々的に救出部隊を組むとお前達が危険になる」

「あぁ、なるほど」

「納得《なっとく》する部分あったかしら？」

星名が若き指揮官の言葉に納得したように肯《うなず》いた。

リリカとギルカルテは首を傾《かし》げている。

リリカはともかく同格のギルカルテまで理解していないのはどうだろうと思ったがそもそもフィールド・カルナティスに騙《だま》されている時点で頭はあんまり宜《よろ》しくなさそうだなと勝手に納得した。

「俺達《おれたち》が人質《ひとじち》に取られた場合、好きなように扱えるってことだよ。そこの騙された阿呆《あほう》みたいにな」

「言い方に悪意を感じるぞ、星名」

「嫌味《いやみ》を入れているんだから悪意があるに決まってんだろ。兎《と》も角《かく》、誰《だれ》が拐《かどわ》かされたとしても何事もなかったようにしていないと大変だって話。使える手だと知られるのが絶対ヤバい。どうやっても手出しできないカメラ越《ご》しでの拷問《ごうもん》ショーとかいやだろ」

「ねぇ、それってつまり極秘《ごくひ》の救出部隊を組むということ？　少人数制の」

リリカの疑問に応えたのはアナスタシアだった。

若草色の瞳をお茶目《ちやめ》に瞑《つぶ》ってウインクすらしながら彼女《かのじょ》は言った。

「勿論《もちろん》、お前達《たち》でな☆」

CHARACTER

名　前

リリカ

Ririka

性別 / 年齢

女 / 16歳

身　長

160cm

目の色

澄んだ水色

髪の色

鮮やかな赤色

性　格

気が強い

能　力

攻城兵器のミニチュアを
巨大化させる魔術を使う

RIRIKA

第四章 異世界://夜間救出作戦

1

救出部隊はギルカルテ、リリカ、星名《ほしな》の三人。

世界を巻き込む力を持つ【ワールドクラス】の二名が同じ作戦に組み込まれた形になる。

「阿呆だろ！【ワールドクラス】二人も突っ込んだら過剰《かじょう》戦力で内側から作戦が崩壊《ほうかい》するだろうが！」

「でも相性《あいしょう》は良いんでしょう？」

アナスタシアの指揮は確かだ。

少々、雑というかこう突っ込んでおけばいいだろうというような采配《さいはい》をすることも多いが。そんな彼女の指示なのだから仕方ないといえば仕方ない。

嫌そうな顔をして星名は首を横に振った。

「こんな野郎と相性が良くてたまるか。武器に困らないってのは確かだけどさ」

「手前はオレの天候掴《つか》んで振り回すからな。流石に雪とか雨は無理みたいだが。アレ、理屈どうなってるんだ？」

「指先とか手のひらで重力を操作してるだけだ。掴んでいるように見えてるだけだよ。あんなもん素手《すで》で掴んだら大惨事間違《まちが》いなしだろ。そもそも物理的にも掴めないしな。一応言っておくがやろうと思えば雨でも雪でも掴めるぞ。武器としての有効活用方法がないだけだ。エネルギー掴んでぶん回す方がはやいし的確だし」

降り注ぐ雨も砂嵐も、重力に従って動いていることに違いはない。その重量を細かく操作して引きずり回しているだけのことだ。

つまり彼は空間を掴んで引きずり回すという芸当を行なっているのである。それがどれほどのコントロール力がいるのかは星名以外想像すら出来ないだろう。

だが逆に星名はリリカが扱う攻城《こうじょう》兵器の使い方も、ギルカルテがその場の地形を無視した天候を作り出す理屈もわからない。

そういうものだ。

それぞれがそれぞれに特化した能力を持つからこその特別技能戦闘員。

オンリーワンでナンバーワン。みんな違ってみんな良いのである。

「で、オレのコイビト、【水晶乙女】についてだが向こう側に囚われてる、で間違い無《な》いのか？」

「あぁ。前に俺達が機密情報を取りに行った異世界の国。あそこから少し離《はな》れたところに研究所があるんだってさ。極秘の」

「なんでそんなことがわかった」

「ルーナのお陰よ。【シークレット・リテラシー】と呼んだ方がわかりやすいかしら？」

「あぁ、あのちんまい嬢《じょう》ちゃんか。そりゃ信憑性《しんぴょうせい》が高いな」

納得したようにふんふん頷《うなず》いているギルカルテだがルーナが聞けば怒《おこ》ってぼかすか殴《なぐ》られるだろう。アレは誰にでも容赦しない。

クラウディアやルーナといった非戦闘要員は必然的に戦えるものと組むことが多い。名前も知られていることが大半だ。【ワールドクラス】ともなると単独行動が多かったりもするけれど、情報に強いルーナは特に重宝されているので護衛として一緒《いっしょ》に仕事をしたことがあるのだろう。

「それで？　何処《どこ》にあるのよ、その研究所」

「森の奥《おく》に作ってあるんだと。ほら、最初に行った時熊がいただろ。機械仕掛《じか》けのさ」

「いたわね。誰かさんが瞬殺《しゅんさつ》した奴が」

「アレが巡回《じゅんかい》代わりらしい。どうやら俺達が入った場所が巡回ルートに重なっていたようだ」

「あの子そこまでわかるの？」

「その為の能力だろ。アレ便利だよな。頭の容量ヤバいほど圧迫《あっぱく》するらしいけど」

「馬鹿話も良いが、そろそろ着くぞ」

彼らはオーストラリアにある異世界の門から再び侵入を果たしていた。

今度の任務はギルカルテもいるので特に囮は必要としていない。何せ世界ごと巻き込むレベルの能力者が二人もいるのだ。足手まといもいないから存分に暴れられる。

「異世界の門がある時点で【その背後】なんざ誰も気に留《と》めないよなぁ」

「色々思うことはあるけどね」

鬱蒼《うっそう》と生い茂《しげ》る森の奥。

自発的に中に入ろうとしない限り絶対に見つからないであろう奥の奥。

そこに研究所があった。

森のすぐ外には街があるから地球側の奴らはそっちに向かう。そして、街の方が同じ異世界の奴らも狙《ねら》いやすい。

どちらから迫られるにしろ盲点《もうてん》となる場所だ。

森の中をひた走る三人と共にざぁぁぁぁ！　と森を激しく叩くほどの雨音が響《ひび》いていた。

「こんな大雨をいきなりピンポイントで長時間作り出せるなんて…雷も出せる?」

「おう、だがこんな森ん中じゃ逆に危ねえからな。雨だけ」

異世界と地球の惑星環境《わくせいかんきょう》はあまり差がない。

普通《ふつう》に太陽があって、月もあって、雲が発生して雨や雪が降る。

ならばギルカルテの独壇場《どくだんじょう》だ。あらゆる気象をその場の地理や条件を無視して発生させる彼《かれ》の力があれば天気など自由自在なのだから。

「本当なら吹雪《ふぶき》とかの方が良いんだがな」

ギルカルテが呟く。

確かにこの気候に慣れきっているならば吹雪はこたえるだろう。だがそれは明らかに異常気象だ。

「冬でもねぇのにそんなことをしたら確実にバレるだろ」

「真っ正面から叩き潰す方が手っ取り早いと思うけども、難しいわね」

「そりゃあ本気を出せばとっとと終わるだろうが人質がいるんだ。ひっそりこっそり、が鉄則。そもそも真っ正面から潰すなら俺一人で事足りる」

「手前の専門は戦争だからなぁ。力を抑《おさ》える方が大変なんだろう?」

「まぁな。何も考えずにやったらそこら一帯更地《さらち》だ。消費できるエネルギーがあるなら存分に活用するだろ。……んん、んん？」

研究所を外から眺《なが》めていた星名が不思議そうに首を傾げていた。

「どうした」

「なんか警備厳重じゃねぇか」

「あら、本当ね。とっても厳重。でもこういうモンじゃないの？」

研究所の周りは見張りが大勢立っていた。

異世界だと知らなければ地球にいると思ってしまうほど、その建物は近代的だ。

中にも人の気配は多いが入り口を固めている警備がイヤに厳重だった。

「秘密の研究基地に？　人数いたらバレないか？」

「あ」

「それもそうだなァ。なんでだ？」

「俺が知るかよ」

「また前みたいに質問します？」

「そんな面倒《めんどう》くさいことしないで外の見張りを丸ごと潰す」

「どうやっ……」

パァン、と。

リリカが問いかけている最中に立っていた見張り全員の身体が破裂《はれつ》した。血と肉片《にくへん》と脳漿をぶちまけて跡形《あとかた》もなく消えて無くなる。

びちゃ、と粘着質《ねんちゃくしつ》な音を立てて地面に落ちたが瞬《また》く間《ま》に激しい雨に洗い流されていった。

「は？」

唖然《あぜん》として絶句するリリカ。

展開がはやすぎてついていけないらしい。

「おい、星名。何をやりやがった」

「何って【星の歌】だよ」

「音波での攻撃《こうげき》で頭が破裂するのならわかるが身体が破裂するってなんだ」

「おいおい、勘違いしてくれるなよ。俺の歌は音に似たナニカ、だぜ。それで身体中《からだじゅう》の水分を揺《ゆ》らしたら耐《た》えきれなくて破裂するだけだ。発狂《はっきょう》してのたうち回られるより優《やさ》しいだろ」

「グッロ………」

「なかなかエグいな」

「お前にだけは言われたくないね。砂嵐で人体紙やすりにかけるみたいに削ったり、大雨で溺《おぼ》れさせたり、竜巻《たつまき》で五体引きちぎったり、雪で低体温症《ていたいおんしょう》引き起こして壊死《えし》した肉体を叩き潰したりしてんだろうが」

「やだこっちもグロい……」

　リリカがドン引きした表情で二人の男から僅かに距離《きょり》を取る。

【ワールドクラス】が脆《もろ》い人体だけに狙いを定めると大災害を受けるのに等しい脅威《きょうい》が襲《おそ》ってくるのでグロくなってしまうのはしょうがないのかもしれない。

　かくいうリリカも自分の持つ技術を人殺しに利用するとなればかなり悲惨な状態を作り出してしまうだろう。

「ほら、見つかる前にとっとと入るぞー」

「さっき手前が言ってたひっそりこっそりはどこいったんだ……」

「失礼だな。ひっそりだろう。見るやつがいなけりゃ見つからないんだから」

「……前々から思ってはいたんだが」

「なんだ」

「脳筋だな?」

　物部《もののべ》星名。

　彼はほとんどのことを力業《ちからわざ》で解決できる実力の持ち主のため考え方が少々乱暴であった。

2

研究所内に侵入《しんにゅう》した三人は一旦《いったん》人気のない部屋の一室に隠《かく》れることに。

【水晶乙女】が何処にいるにせよ、行き当たりばったりでは危険だ。兵士に囲まれたりする程度なら蹴《け》散《ち》らせるが此方《こちら》を無力化できるガスだの電気だのを使われると捕《つか》まってしまう。

「あぁ、思い出した」

不意に星名がポツリと言った。

ゴツいヘッドフォンを首にかけた少年の言葉に黄色の派手ドレスと北国仕様の分厚い外套を纏った男が同じ方向に首を傾げる。片方は可愛《かわい》いがもう片方が微塵も可愛くねぇなと考えていると可愛い方が聞いてきた。

「いきなりどうしたの?」

「此処の研究所、俺がいたとこに似てる」

「手前がいたっていうと宇宙開発基地か?」

「いや、そっちじゃなくて戦争開発基地」

特別技能戦闘員《せんとういん》はそれぞれ出身の開発基地が違う。

リリカであれば要塞攻略《ようさいこうりゃく》を含む防壁《ふくぼうへき》開発基地、ギルカルテであれば気象開発基地、といったように。

能力によっては複数の基地を経由してから戦場に投入される。星名は複数を経由するタイプだった。

「もしかして、地球側の基地の施設《しせつ》情報が流用されている？」

「その可能性が高いっつーか、ほとんど内部構造一緒」

「じゃあ何処にいるかわかるか？」

「この研究所が俺がいた戦争開発基地と一緒なら実験棟《じっけんとう》があるはずだ。用途《ようと》まで一緒かは知らんがね」

「闇雲《やみくも》に行くより確率は高そうね。監視《かんし》カメラもあるようだし」

そう、この研究所は監視カメラがある。

星名達が潜《もぐ》り込《こ》んだ場所はない場所だったが奥に行けば行くほど監視体制は厳しいものになるだろう。

しかも魔法《まほう》での制御《せいぎょ》の為監視《ためかんし》室《しつ》を乗っ取って捜《さが》す、という手が使えそうにない。なにせ動力が魔法なので地球人である彼らには扱《あつか》えないのだ。

乗っ取っても外部から簡単に制御を取り戻《もど》されてしまう。

「施設の地図は覚えてるのか？」

「覚えてる訳ないだろ」

「そりゃそうよね。あんまり良い思い出ないし」

聞いてきたギルカルテもそうだな、と頷いていた。

ダメ元で聞いてみただけだろう。そもそも施設の情報と一致《いっち》するかも不明だ。

最悪のパターンとして考えられるのは覚えている場所が罠《わな》でした、だ。

ミイラ取りがミイラになるなんて笑えもしない。

「施設内《しせつない》の情報なんて基本的に部外秘だ。あんなものがあったなーぐらいしか覚えてないよ」

「物理的に制圧しちゃう？」

「オレの天候で外に出るのを防げはするが」

「完璧《かんぺき》にじゃないだろ。おたおたしている間に人質を盾《たて》にされたらどうする気だ？　ふむ……ギルカルテ、お前は雷を落とせるよな？」

「おう、オレはあらゆる気象条件を網羅《もうら》してるからな」

「なら特大の雷をこの施設に落とせ」

「異世界の建物だろ。雷で停電するのか？」

「建物構造を思い出せ、ソーラーパネルだよ。異世界に地球の研究所を持ち込んでいるんだ。異世界と繋《つな》がりがあったから見逃《みのが》されてたんだろう。普通なら建物なんて悠長《ゆうちょう》に建てている時点でアウトだからな」

魔法での制御なので乗っ取ることは難しいが電力で補っている部分もある。

それは異世界からの支援《しえん》も受けているが地球側が主導権を握れるように調整している証だ。魔法で動いている部分の停電はできずとも、電力で動いているなら多少なりとも目くらましになるだろう。

「なるほど。情報源を後回しにしてでも先に救出するのか」

「そういうこと。見たところ電力での部分は灯《あか》り程度だからな。停電させても違和感《いわかん》は出ないだろう」

激しい雨音と雨粒《つぶ》が窓を叩く。

通常の天気でおさまっている今なら停電もあり得る。

闇《やみ》の中にあってぼんやりと浮《う》かび上がるような真白の服装と髪《かみ》を持つ少年は首元に引っ下げたヘッドフォンを装着すると凶悪《きょうあく》に笑った。

「停電させたらお前達を連れて駆《か》け抜《ぬ》けよう」

3

ドォン、と腹に響く轟音《ごうおん》と共に魔力《まりょく》が通っていた施設が闇に沈んだ。自分の手の先すら見えない中で光の速度を持った少年が二人の人間を掴んで駆け抜ける。身体が壊《こわ》れないようにエネルギーの膜《まく》まで作り出して彼は闇の中を抜けた。

星の光はあとから見えるものだ。認識《にんしき》して、視界に入っていたとしても見えていない。星名が動いたことを知るのは遥《はる》か後の時間になる。だから、誰にも見つからない。

瞬きの間だ。

「此処なら良いか」

一瞬で決して狭《せま》くないはずの研究所内を駆け抜けて見張りや護衛も物ともせずに彼は実験棟にたどり着いていた。

ぺい、とギルカルテを適当に放り出し、リリカを隣《となり》に立たせた彼は指先で鍵《かぎ》のかかった扉《とびら》をドアノブごとねじ切る。

「ほい、終わりっと」

ヘッドフォンを外せばバチバチ不穏《ふおん》な音を立てていた空気が元に戻った。残像のようにヘッドフォンから光が断続的に瞬くだけだ。

「相変わらず手前は規格外だなぁ、おい」

適当に捨てられたギルカルテが起き上がって言った。

魔力で作られた施設は簡単に灯りが戻る。非常電源が付いているにしても異常な速度の戻り具合だった。

つまり、それだけ重要なのだろう。

停電して実験が中止されました、すみませんでは済まされないのだ。

「此処か？」

扉を開けばひんやりとした空気が流《なが》れ込んでくる。

最低限の照明だけついた室内は不気味な雰囲気《ふんいき》を醸《かも》し出していた。リリカが星名の服の裾《すそ》を掴む。

「ゆ、幽霊《ゆうれい》とか出ないわよね？」

「出ない出ない」

軽い様子で彼女を宥《なだ》めながらも星名とギルカルテは中に踏《ふ》み込んだ。

分厚い北国仕様の外套《がいとう》野郎《やろう》が楽しそうに口を開く。

「異世界だからな、出るかもしれねぇぞ？」

「地球にもいないし、異世界にもいないの。いてたまるか」

「わかんねぇだろそんなこと」

「結局どっち？」

「此処にゃいないんじゃないか。そういや非科学系統の特別技能戦闘員いないいんだよな。魔術《まじゅつ》とか言ってんだしどうせならやれば面白《おもしろ》いのに」

「そうなりゃ死者の利用方法とか不老不死だとかにいくからかもな。軍事的にやばいんだろ」

「死者の再利用ってか？　なんかゾンビみたいな話になってきたな」

「二人ともアタシが怖がってるのわかってるでしょー！」

そんな会話を続けながら奥に進んでいくと培養液《ばいようえき》で満たされた水槽《すいそう》のようなものが並んでいた。

まさに生物実験していますと言わんばかりの施設である。コポコポと微《かす》かな水音が響く中は不気味なほどに静謐《せいひつ》だ。まるで墓場に来たかのような得体の知れない静けさに包まれている。

「…気色悪いな」

吐いた吐息《といき》が白く染まった。

それだけ空気が冷やされているのだ。

そうしなければならない理由もあるのだろう。冷静にそう観察していた星名の隣で叫《さけ》びが上がった。

「スーチィ？」

視線を向けた先、培養液で満たされた水槽の中で裸《はだか》の女性が沈んでいた。静かに目を閉じた姿は眠《ねむ》っているように穏《おだ》やかだ。透明《とうめい》な緑色の液体の中に長い髪がゆらゆらと揺れている。

恋人の名を叫んだギルカルテがガラスに駆け寄った。ガラスの中の液体はどうやら【素材】の状態を保つ為《ため》にあるらしい。体重、身長、体内の状態に合わせた特殊な液体のようだった。此処が異世界であることを加味すれば当たり前の処置といえる。

（B01？　検体番号か。管理するほどの量がある、と。…厄介《やっかい》だな）

横に雑多に並べられた資料を見る。

地球産の魔法使《まほうつか》い、と分類に書かれていた。特別技能戦闘員のことは漏《も》れていないらしい。もしくは単純に理解できなかったか。使っていた能力の特徴《とくちょう》などが書かれていたが根本的に科学技術がない異世界側にとっては魔法のように思えたようだ。もしくは説明がしやすかったのか。

スーチィこと【水晶乙女《すいしょう》】は光の屈折《くっせつ》を利用しての攻撃方法を取る。水晶を纏《まと》って光の反射角度を整えることからその名前がついていた。その性質上、完全な暗闇《くらやみ》の中では攻撃ができないという欠点がある。弱点としては書いてあったが関連性までは理解できなかったらしい。

「ギルカルテ、下がれ」

「星名？」

ギルカルテとリリカを後ろに下がらせ、手のひらに集めたエネルギーを床《ゆか》に叩きつける。滴《しずく》のように飛び散った高密度のエネルギー体が培養液に満たされた容器を的確に破壊《はかい》していった。

ガラスがバターのように溶《と》け落ちていく。

「あぁ、スーチィ」

水音と共にぐらりと倒《たお》れこんできた美女を抱《だ》きしめて灰色の男は心底安心したように頬《ほお》を寄せた。

「普通に切るとかじゃダメだったの？」

「裸だぞ、割れたガラスで怪我《けが》したらどうする。俺達だって水に紛《まぎ》れてスッパリ、とかありえるからな。高温で溶かしたらひとまず安全だろう」

ただガラスを溶かすほどの危険物なので怪我がないよう下がらせたという訳である。

「ほらほら、感動の再会はあとにしてとっとと行くぞ。研究者に話を聞きにいかないと。お前は室内だと役に立たんから離れるなよ。…全く、【ワールドクラス】だってのに何で俺がお守りする羽目になってるんだ？」

世界を覆《おお》う嵐《あらし》の王、彼は外にいればこれ以上ないほどの無敵をほこるが室内だと威力《いりょく》が落ちる。

閉所での戦闘《せんとう》にはとことん不向きだ。気象を操《あやつ》る能力に特化しているから仕方ないと言えば仕方ない。どれほど雷《かみなり》を落とそうと頑丈《がんじょう》な建物にいる敵を一撃《いちげき》で倒すことはできないからだ。ただし長期戦にすることは得意である。

土砂災害《どしゃ》、豪雨《ごうう》、吹雪、濃霧《のうむ》、竜巻、砂塵《さじん》など室内にとどめる戦略が得意なのだ。

これは異世界と地球との環境差《かんきょうさ》を考えても十二分に有用な能力である。

ちなみに星名の場合は威力が高すぎて仲間がいるとほとんど真価が発揮できない。

戦場の最前線、激戦区に送《おく》り込まれても彼は本来の力は発揮できない欠点がある。どのような戦場でも一定の高い水準で戦闘能力を発揮できるが決して本気では戦えない。いつも手加減を考えなければならないのだ。

取り敢えず人質の心配をしなくていい状態になった彼は誰に聞かせるでもなく呟いた。

「さてさて、研究者っていっても秘密の護衛ぐらいは雇《やと》ってるかにゃー？」

4
「ふんふんふーん☆」

阿鼻叫喚《あびきょうかん》であった。

研究所内をくまなく探した結果、スーチィ以外囚われていないことを確信した星名が微塵《みじん》の容赦《ようしゃ》もなく建物の破壊に走ったからだ。

元々、予想はしていたので探索《たんさく》もついで感が溢《あふ》れていた。手当《てあ》たり次第《しだい》にエネルギーの塊《かたまり》を振《ふ》り回し、人も物も何もかもを飲《の》み込んでいく。

「おい、責任者とか知らねえぞ。丸ごと飲み込んだらわからないまんまにならないか？」

「馬鹿だなあ、偉《えら》い人は守ってもらって逃《に》げの一手だよ。こんな前に出てくるわけがないだろ」

「え、逃げてるなら余計に捕まえないと！」

「大丈夫《だいじょうぶ》、だいじょーぶ。あと【何人か飲み込めば】情報が集まって一網打尽《いちもうだじん》だ」

ブラックホール人間と化した銀の少年が鼻歌混じりに振り回すエネルギーに耐えられる物体など存在しない。

魔法で対抗《たいこう》しようが、機械兵器を差し向けようが、ガスを噴出《ふんしゅつ》して自由を奪《うば》おうが、相手は惑星《わくせい》すら自身のエネルギーに変える規格外の化け物である。

本気を出すことができないからこそ、力の出力を抑えてやれば何処までも広げて手を伸《の》ばせる。何もかもを飲み込むか、はたまた自分の武器として掴んで振り回すか。空間すら掴める彼の前では何もかもが無意味で無駄《むだ》なことだ。

巨大《きょだい》な象が蟻《あり》を踏み潰《つぶ》すがごとく圧倒的《あっとうてき》な力量差があった。

「なんかもう星名が一人で異世界に突撃《とつげき》して全部飲み込んだら終わりそうな気配があるわね」

「流石《さすが》に一般人虐殺《いっぱんじんぎゃくさつ》はしたくねぇな。つーか、この話前にしたろ。無理なんだって、現実的に。まぁ単身で突撃して死ぬ前提でやったらわからないけど。戦争とはいえルールは必要だと思うぞ。こっちだって異世界に勝手に入り込んでる訳だし」

「第一次から第三次世界戦争のせいでこっちの人類半分以上消されてるんだが」

「そこはそれだろ。こっちまでやったら収拾《しゅうしゅう》がつかなくなっちゃうよ」

「基本方針がやられたら倍返し、な奴《やつ》がなんか言ってるわ…」

リリカが呟《つぶや》いた言葉は聞こえませんとばかりに華麗《かれい》に無視して向かってきた護衛を再び飲み込むとぴたりと別方向を向いた。

ぎゅっと手のひらを握《にぎ》りこむ仕草をするとエネルギーが見当違《けんとうちが》いの方へ飛ぶ。

建物自体を溶かす高密度のエネルギーが一直線に飛んでいったので壁《かべ》も床も削《けず》り取った一本の道が現れた。

「な、なに？」

「なぁるほどなぁ」

一人納得顔《なっとくがお》で何度か首を縦に振ると突《つ》き進《すす》んでいた進路をエネルギーが飛んだ方向へ変えた。

ふんふんと鼻歌を止めることなく星名は歩いて行った。

視線の先で白衣を着た女が森の方へ駆け出していくのが見えてくる。

「あ！」

「あいつだ！」

リリカが自前の攻城兵器に手をかける。長距離戦《ちょうきょりせん》用の兵器を出現させるより前に星名がバットでも構えるような動きをした。

当然、その手にはバットなんてものはない。あるのは一撃必殺、当たれば即死《そくし》の武器だけだ。

「せーのッ！」

緊張感《きんちょう》などないふざけた掛《か》け声《ごえ》と共に球の形に整えたエネルギーが腕《うで》の動きに合わせてかっとんだ。

大きく弧《こ》を描《えが》くような軌道《きどう》で飛んだエネルギーはちょうど研究者の女の行く手を塞《ふさ》ぐように地面に着地する。

ドッガアアアアンッと。

凄《すさ》まじい轟音を立てて地面がごっそり抉《えぐ》られる。瞬く間に断崖絶壁《だんがいぜっぺき》が出来上がった。

地形すら変化させる一撃を放った彼はにっこり笑う。

「さあ、お話の時間だぜ？」

「逃がすかよ、クズ肉風情《ふぜい》が」

ギルカルテが指を鳴らせば、雲の形が変化し、断崖絶壁でおろおろしている女を孤立《こりつ》させる雨を作り出す。

これで誰にも邪魔《じゃま》されないだろう。外に出ればギルカルテの手の中だ。

「おや、これはこれは」

逃げ出すこともできず、無様にどろどろの地面に座《すわ》り込む女の顔に見覚えがあった。

「異世界の魔法と生体の研究をしている女史ではないですか」

「ああ、いたわね。そういえば」

「人体解剖《かいぼう》の能力者にお株奪われたやつだろ」

異世界の技術を地球で解析《かいせき》しようとしていた研究者のはずだ。

彼女の研究テーマは世界から有用だと認められたが、そのせいで特別技能戦闘員の能力として開発されることになったので、彼女からしてみれば自分の研究を奪われたようなものだろう。

しかも功績までも他人に譲渡《じょうと》されている始末だ。

特別技能戦闘員の元となる能力は大半が専門の研究者によって見つけられる。その大半が戦闘員にくっついて開発研究に参加できるのだがたまに研究者が外される場合があった。

彼女はその稀有《けう》な場合だった。

運が悪かった、で片づけられる程度の、それだけの話。

「そうよ！　わたしの研究は奪われた」

へたり込んだままの研究者が堰《せき》を切ったように言った。

「しかも微妙《びみょう》に形を変えられてね。おかげで新しく立て直そうとしても二番手扱い。むしろ盗用《とうよう》したなんて勘違《かんちが》いまでされる有様よ」

一人酔《よ》ったように話し出すのを見ながら軽くこそこそ。

「人体実験になるから先回りで潰すのが目的ってきいたが」

「あ、それアタシも聞いた。治療《ちりよう》とかそういうのはやっぱり厳しいのよね」

「軍事系統は管理が厳しいからな。戦争で使うならなおさらだ」

国際法なんざ存在しないルール無用の激戦区ではあるが、それなりに人道に配慮《はいりよ》しないと特別技能戦闘員が反乱を起こす可能性があるので一定以上の配慮がある。

給料や物資の手当てが厚いのも彼らが人体実験を受けているからだ。

特別技能戦闘員の能力は軍事機密であり、詳細《しようさい》は話さないという暗黙《あんもく》の了解《りようかい》があった。

細かいカラクリを知られるのは互《たが》いにとってリスキーだからだ。使えないとされる能力者であったとしても金儲《かねもう》けなら利用できることがある。自身の能力を見知らぬ他人に知られることは回避《かいひ》すべきこととして周知されていた。

ただ、戦闘での指揮をとる可能性が高い、星名のような【ワールドクラス】を冠《かん》する者ならば機密事項《じこう》を覗《のぞ》く権限がある。

「だからフィールド様からお声がけいただいた時には歓喜《かんき》したわ！　わたしの研究が認められたの。あの方は言った。わたしの研究で世界は救われると。素材も研究所も用意してくださった！」

「そんな訳ねえだろ」

星名が吐《は》き捨てるように言った。

人間を素材として認識し、調達する為にだまし討《う》ちのように狙うのはどう考えても外道《げどう》だ。

しかも口ぶりから察するに【素材】としてわざと北極に派遣《はけん》したのだろう。勝てないとわかりきっている作戦に組《く》み込んだのだ。恋人《こいびと》をモノのように提供されたギルカルテの怒《いか》りで雷がそこら中に落ちた。

研究所を火の海に変えていく。跡形もなく燃やす為に雨が方向を変えた。

「手足を一本ずつ引きちぎっていいかしら」

「それより砂嵐《すなあらし》で飲み込もうぜ。時間をかけて殺すのがいい」

「裁判のあとでな。有罪判決が出てからにしろ。持つのが面倒だな…引きずって帰るか。督戦《とくせん》の連中が首を長くして待ってることだろうし」

「わ、わたしは正式な軍事の中には組み込まれていない！　区別で言えば一般人《いっぱんじん》のはずよ！」

「馬鹿か。俺《おれ》らに捕捉《ほそく》されている時点でアウトだ。何なら証言してやろうか？　そもそも異世界に一般人が行くのは違反行為《いはんこうい》なんだよ」

星名は軍に発言権がある。そしてギルカルテも。

だからアナスタシアは彼らを送ったのだ。万が一言《い》い逃《のが》れしても逃がさぬように。

殺しても大丈夫なように。

「だが、そうだな。暴れられたら面倒だ」

あくまでも軽く。

枝でも掴《つか》むように研究者の足を掴むと引きちぎった。

悲鳴がとどろく。だが激しい雷雨《らいう》の音に紛れて森には響かない。エネルギーによって筋肉を無理やり絞《しぼ》られたので血は出なかった。

「うっわ………、マジか……」

「ああ、そうすりゃ確かに効率的だ。血も出ないのは良い」

「さ、いーくーぞー」

両手足を同じようにちぎると頭を片手でわし掴みにした。

そのままひきずりながら歩き出す。傷口を抉る持ち運び方に気絶したのを無理やり叩《たた》き起こされる。容赦など一切《いっさい》しなかった。

研究所は誰《だれ》かさんの天候と破壊行動で壊滅的《かいめつてき》な被害《ひがい》を受けているので放っておいても大丈夫だろう。重要そうな施設は丸ごと破壊している。剥《む》き出《だ》しの電源に雷撃《らいげき》を何度も打ち込んでおけばデータなど吹《ふ》き飛ぶだろう。ご本人を地球に持ち帰って軍事裁判にかければあとは解決だった。

証拠《しょうこ》が必要ならスーチィ自身が証言すれば良い。

「でも不思議なことがあるのよね」

「なにがだ？」

ツインテールが森を歩きながらふと疑問を口に出す。

自分の外套《がいとう》で恋人を包んだ男が首を傾《かし》げる。

黄色のドレスの裾を揺らして彼女《かのじょ》は引きずられている女を指さした。

「この人、地球人なのになんで異世界にとどまれたのかしら。【水晶乙女《すいしょうおとめ》】はあの水槽で地球環境《かんきょう》に近づけた状態にしてあったからいいとしても、流石に色々無理がありそうに思うのよね。何度も何度も出入りしてたら軍事関係者じゃないから怪《あや》しまれるし」

「自分の研究結果を自分に投影《とうえい》してたんじゃないか？」

「そうするとなんで異世界の人間が大挙して押《お》し寄せていないのか気にならない？　自分と他人は違《ちが》うにしても少しぐらい効果は出るでしょ」

「言われてみればそうだな」

異世界にとどまれる技術があるならば応用して地球にとどまることも出来るだろう。

それを見逃してくれるような敵ではないはずだ。

なにせ【異世界の協力がなければ】こんなところに研究所など建てられない。

つまり異世界側も研究内容は承知していたはずなのだ。

「ふむ、まだあるのか。厄介だな…。いっそのこと徹底的《てっていてき》な自己改造の結果、とかにならねえかな。陰謀《いんぼう》とかくそ面倒なんだが」

「可能性は考えておくべきだ。異世界側の首謀者《しゅぼうしゃ》の存在も一応頭に置いておこうぜ。でないとまた誰かが犠牲《ぎせい》になるぞ」

「敵に狙われるのはともかく、味方にまで差し出されるのは面倒くせえな。丸ごと潰したくなる」

「地球の人間を？」

「馬鹿言え、本末転倒《ほんまつてんとう》だろ」

油断はしない。

此処《ここ》は戦場だから。多くの戦場を渡《わた》り歩く特別技能戦闘員であれば当たり前だった。彼らは通常の兵士より特殊《とくしゅ》な戦場に配置される。泥沼《どろぬま》から仲間を逃がすために囮《おとり》にもなるのだ。同じ仲間がいるから。そんなものは油断していい理由にはならない。むしろ同じ仲間を窮地《きゅうち》に立たせないために。安全に帰るために、より警戒《けいかい》を強くする。

だからこそ、完全な不意打ちになった。

「ギルッ！」

星名がギルカルテの腕を掴んで無理やり引き寄せる。自分と立ち位置を入れ替《か》えるとその腹に槍《やり》が突き刺《さ》さった。

「ごふッ！」

「星名？」

「くそ、どこからだ！」

星名がびちゃりと血反吐《ちへど》を吐き出す。垂れた血が服に赤黒い染《し》みをつけた。口元を赤く濡《ぬ》らしたまま、銀の少年は灰色の目をぎらつかせる。そのまま躊躇《ためら》いもなく槍を引き抜くとエネルギーの熱で無理やり塞いだ。

じゅうううううッ？　と肉の焼ける音が響《ひび》くが彼はうめき声一つあげなかった。

むしろ側で見ていたリリカの方が悲鳴に近い声をあげる。

「星名！　なんて無茶《むちゃ》を……………ッ！」

「問題ない。それよりも先に帰還《きかん》しろ。【水晶乙女】の保護が最優先の仕事だろうが」

「大怪我《おおけが》したアンタを置いていける訳ないでしょ！」

「チッ」

舌打ちをした少年は口にたまった血を吐き捨てるとツインテールの少女を押しのける。そのまま彼女に叫んだ。

「三時の方向！」

「ちょ、話はまだ終わって……あーもう!!」

破城槌《はじょうつい》を出現させた少女が木々をなぎ倒しながら指示通りに狙《ねら》いを定める。

だが城の門すら破壊する威力を持つ武器がまるでガラスを叩きつけたように脆く砕《くだ》け散った。

「うそ！」

「固まるな！　死にたいのか⁉」

ゴッバッッッツ！　と空間を震《ふる》わせる衝撃波《しょうげきは》が飛んできた風の魔法と相殺《そうさい》する。

間髪《かんはつ》入れずその座標にギルカルテが雷を落とした。

「おっと」

軽く、まだ幼い男の声だ。恐《おそ》らく星名よりも若い。

「うーん、よってたかって襲ってくるなんてひどいなあ」

「不意打ちで槍投《やりな》げまでしやがった野郎《やろう》が何をぬかす」

姿を現した彼《かれ》は異世界特有の格好《かっこう》だった。どこか軍服に似た洋装は星名やギルカルテとは明らかに雰囲気が違う。金髪《きんぱつ》を風に揺らす少年の手には剣《けん》が握られていた。

「何の用だ」

「うーん、ちょっとそこの女の人を連れていかれると困るんだよ、僕《ぼく》の目的が遠くなるからさ」

リリカが無言でベルトからマンゴネルと呼ばれる小型の投石器を外す。それを空中に放り投げれば少年の周りを囲うように細かく展開した。

設置もしていないのに展開されたマンゴネルは壊されない限り永遠と重たい鉄球を標的に当て続ける。リリカの指示で布陣《ふじん》を変化させる優《すぐ》れものだ。

「(ギルカルテ)」

「(ん?)」

「(コレと恋人、リリカを連れて帰還しろ)」

「(手前はどうするつもりだ?)」

「(俺が引き止める。全員で逃げたら恐らく門ごと破壊しに来るぞ。向こう側に被害が出る。誰かが引き止めておかないと)」

「(…動けるのか? その怪我、割とキツイだろ)」

「(なめるなよ、これでも単独で戦争できるんだ。この程度なら余裕《よゆう》)」

白い服を赤く汚《よご》しながらも彼は笑う。笑えるほどの余裕を見せる。同格の【ワールドクラス】であろうともこの場では邪魔だ。

「了解」

星名の実力を知っている男は決断を迷わなかった。戦場では一瞬《いっしゅん》の迷いが生死を分ける。

彼らの仕事は【水晶乙女】の保護と研究者の女を地球に戻すこと。ここで全滅《ぜんめつ》しました、では話にならない。恋人を肩《かた》に担《かつ》ぐと両手足を失った女を受け取り、風でリリカを捕まえると走り去った。

これで残るは星名と得体のしれない少年だけだ。

「あれ、行っちゃった。追いかけないと」

「行かせると思うなよ」

少年の行く手を阻《はば》むように無数の鉄球が降り注いだ。能力者たる本人がいなくなったにもかかわらず。リリカが星名と行動を共にできるのは彼女が自分で戦える上に他人の補助もできるからだ。

彼女の武器は壊されるか、自らの意思で戻さない限り、自動的に機能することも可能だった。

リリカの置き土産《みやげ》だ。

少年は星名と向き合う。取《と》り敢《あ》えず彼を排除《はいじょ》する方向へ決めたらしい。ヘッドフォンを装着した彼は指先をひらめかせた。囮の役目を果たすべく、彼は不敵に告げる。

「殺し合いだ、本気のな」

5

(なん、なんなんだこいつ？　反則だろうが！)

魔法を使うのは予想の範囲《はんい》だったが異様なことが一つ。【星の歌】を使ってくるのだ。

流石に星名ほど多種多様な音に変化させることはできないようだが、それでも十二分に脅威《きょうい》だ。こちらの音を正確に奪って自分の攻撃《こうげき》に変えてくる。人間相手に使う場合、その相手に合わせた可聴《かちょう》領域やら何やらを調整しなくてはならない。相手によって攻撃に使える音というのは限られてくるのだ。おかげで星名も【星の歌】を使えない。

星名と同じように音波で攻撃してくる為、あたり一帯を音で相殺させて無力化させていた。

何故《なぜ》魔法《まほう》と魔術を扱えるのか。

疑問が尽《つ》きなかった。あの二つは相反する能力だ。

どちらかを使えばもう片方は使えない。そういった性質を備えているのにもかかわらず、少年は当たり前に両方使ってきた。

使い勝手の良い【星の歌】が使えないのでエネルギーを振り回す攻撃一択《いったく》になっている。それでも構わないのだが油断していると【奪われて】いきなり自分の攻撃手段を失う羽目になっていた。今は攻撃の手段を切り貼《ば》りしているが恐らくそう長くは戦えないだろう。出せば出すほど相手の武器を増やしていく。

これではどこかで絶対詰《つ》む。

エネルギー同士の相性《あいしょう》が悪いものとぶちあたった時が彼の最後だ。

「おにーさん、強いなあ。僕の攻撃を受け流せた人って割と初めてだよ」

「随分《ずいぶん》と自分の力に自信があるようだな」

「うん？　まあ、僕は神様から選ばれた存在だからね」

こいつヤバイ奴か？　と僅《わず》かに顔を歪《ゆが》ませた銀の少年はエネルギーの塊を黙《だま》って振り回す。細かく球のよう変化させたモノも織り交ぜて背後から撃《う》っていく。

触《ふ》れれば即死、掠《かす》るだけでもごっそりと肉を溶かす一撃だ。それを剣だけで弾《はじ》いている。子供ながらに恐ろしい敵だった。天賦《てんぷ》の才の持ち主だろう。

リリカのマンゴネルがあっという間に破壊されていた。

ほとんど期待をしていなかったがそれでも足止めにすらなっていない。

「おにーさんに放ってるこの魔法、この世界では強いんだけどなあ。ノーダメージで受け止めれちゃうの、すごいね」

星名は惑星すら自らのエネルギーにする能力がある。

相手の攻撃を飲み込んでエネルギーにしているのだ。ただし魔法だとエネルギーにするというより、相殺しているのだが、傍目《はため》だと吸収しているようにしか見えないのだろう。

「良いなあ、強い能力だ。欲《ほ》しいなあ」

「生憎《あいにく》と、そう簡単に扱《あつか》える能力じゃない」

「わかんないよ？　他の人ならできなくても僕ならできる」

「傲慢《ごうまん》だな」

子供特有の全能感なんて次元じゃない。実際に【どうにかなってしまう】のだろう。

それだけの現実に影響《えいきょう》を及《およ》ぼせる力を持っているのだ。

（こいつは此処で殺しとかないとだめだ）

あんな莫大《ばくだい》な力を振り回されたら他の奴らだと太刀打《たちう》ちできない。

星名ですら一発貰《もら》っているのだ。危険度でいえば最大レベルだろう。相性次第《あいしょうしだい》によっては即座《そくざ》に撃破《げきは》もあり得る。それこそ【ワールドクラス】であったとしても。

「なんであの女にこだわる」

「あの人の研究が僕に必要だったからだよ。異世界の人間が地球に恒久的《こうきゅうてき》に滞在《たいざい》できる方法。彼女が研究してたのが欲しくてね。あの人、すごいんだよ。執念《しゅうねん》だけで身体を作《つく》り替えようとしていた。見込《みこ》みがあったから協力してたまでさ」

「そのためにスーチィを差し出させたのか」

「スーチィ？　誰それ。……ああ、【素材】のことか。うん、そうだよ。一番使い勝手が良さそうだからさ。リストを見せてもらったんだあ」

その口調は本当にモノに対する扱いだった。

星名の表情が完全に消える。その手から激しい光が弾けた。熱量が明らかに変化する。離《はな》れていても熱気を感じるほどだった。まるで小さな太陽だ。光を片手に凄まじい速度を伴《ともな》って突っ込《こ》んで行った。狙いを定めて叩き込もうとした星名の真横から伸びた細い腕が、彼を吹き飛ばした。

「ガッ⁉」

反射的に腕をあげて防御《ぼうぎょ》はしたがそれでも衝撃《しょうげき》は伝わった。横に吹き飛ばされた状態で無理やり身体の軌道を戻《もど》す。邪魔者《じゃまもの》の姿をみるため顔をあげるとそこにいたのは少女だった。この世のものとは思えないほどに美しい造形の少女が少年に素手《すで》で殴《なぐ》りかかっている。

新たな乱入者の登場にため息が漏れた。次から次へと厄介ごとが終わらない。改めて素手で殴りかかっている少女を観察する。

蜜色《みついろ》の豊かな髪を持つ華奢《きゃしゃ》な少女だ。手足は細いがしなやかに鍛《きた》えられているのが見て取れる。

確実に戦闘慣れしている者特有の筋肉の付き方だった。リリカのように戦場に立つことに慣れているが実戦の殴り合いに向いていないタイプではない。

それに。

(あの女、俺の纏っているエネルギーごと殴ってきやがった。単純な防御方法じゃ殴った方が溶け落ちるはずだ。ゴリラかよ、どんだけの膂力《りょりょく》を持ってやがるんだ)

騎士《きし》の鎧《よろい》程度なら触れただけでバターのように溶かすほど高温になった熱エネルギーだ。素手で触れられるような温度ではない。

どのような装備で固めたとしても絶対に。だとするならどうやって弾いたのか選択肢《せんたくし》が絞られてくる。

(拳《こぶし》による風圧。これなら触《さわ》らなくても衝撃を伝えることは可能だ。あの細腕《ほそうで》で俺を吹っ飛ばすほどの威力を出したってことが要警戒《ようけいかい》だな)

少し距離《きょり》を取って少女の方に攻撃しても機械の如き正確さですべて弾かれる。背中に目でもついているのかというレベルでだ。

単純に見えて回避しているというよりかは空気の振動《しんどう》のようなものを利用しているのだろう。物理に加えて何か特殊なモノを足している、と見るのが妥当《だとう》だ。

（敵の敵が味方になるほど現実は単純じゃねえんだよな！）

三《み》つ巴《どもえ》、というには少女がこちらを攻撃することがない。

最初の一回だけを邪魔したあとはひたすら星名の攻撃を回避するだけだ。一方的に攻撃を加えているというのに反撃《はんげき》する様子もない。彼女はひたすらに少年だけを執拗《しつよう》に狙っていた。横からちまちま攻撃をされるのは相当鬱陶《うっとう》しいはずなのに。相手との実力差があるならともかく、少年は片手間に相手をできるほど生ぬるくない。

星名としてもまとめて昏倒《こんとう》させることができたら話ははやいのに少年のせいでどうしようもなかった。

「ああ、また君たちなのか。いい加減にしてほしいなあ」

少年が嫌《いや》そうに呟いて魔法《まほう》を放つ。

魔法に合わせて剣が鋭《するど》く風を切った。その魔法の矛先《ほこさき》がいきなり星名に向く。

相殺すればいいだけの話なので不意をつかれようとも問題ない、と銀の少年が真っ向から受け止めようとすると飛び出してきた青年が代わりに魔法を受け止めた。

「は？」

「マスター！」

何を言われようと、されようと無言、無表情を貫《つらぬ》いていた少女が慌《あわ》てたように声をあげた。驚《おどろ》いたのは彼女だけでなく、星名もだ。庇《かば》われた形になった星名が眦《まなじり》を吊《つ》り上げた。

「なにしやがる！」

「すまない、怪我はないだろうか？」

「そうじゃないよ、何をしてるって聞いてるんだ！　こっちは敵なんだが？」

振り返ってこちらを確認《かくにん》してきたのは美しい青年だった。

何処《どこ》か乾《かわ》いた、錆《さ》びたような瞳《ひとみ》をしているものの、均整のとれた長身と黒髪《くろかみ》が特徴的《とくちようてき》な美青年だ。流石に庇った相手を背後から攻撃することはできずに距離をとろうとしたがそこに少年から魔法が撃ち込まれる。

今度こそ自らの手で相殺させた星名は取り敢えず少女と青年より少年を優先させることにした。

横入りの邪魔者など後回しにするのが良い。今はそんなことを考えている暇《ひま》はないのだ。彼の最優先事項は少年の抹殺《まつさつ》。これ以上面倒《めんどう》ごとを起こされないためにも必要なことだった。

少女の拳や青年の魔法に相乗りする形で星名も攻撃を加えていく。

「ああ、もう、面倒くさいなあ！」

子供が癇癪《かんしゃく》を起こしたような叫びをあげた少年から莫大な魔力《まりょく》がほとばしった。

（エネルギーにはできるが魔力だから吸収しきれないぞ、これ!!）

相殺しきれない場合、あたりに衝撃波を撒《ま》き散らすことになる。そんなことをしたら星名の身体も無事では済むまい。

回避に徹底《てってい》するしかなかった。どの方向にも同じ威力で攻撃できるなどやはり規格外の存在だ。こんな奴が地球に来たら軍隊などものの一瞬で壊滅《かいめつ》する。放出された魔力同士の隙間《すきま》は狭《せま》く、転がる程度では身体の一部が吹き飛ぶだろう。

幸い回避は可能だった。星名は、避《よ》けられる。

だが今一番少年に近いのは乱入してきた青年だった。

「マスター、下がって！」

少女が叫《さけ》び、走り出すが彼女が青年にたどり着く前に攻撃が彼を食い尽くすだろう。

問題なかったとはいえ敵であるはずの星名を庇った青年が。

（マジかよ、おい）

決断は手早く。

そして行動する、だ。

星名は舌打ちをして、地面を駆《か》けた。避けられるはずのそれに向かって。

人外の脚力《きゃくりょく》を受けて地面が割れる。手足を光で後押《あとお》ししながら星名は青年の腕を取る。

「なにを……ッ！」

ああ、答えるのももどかしい。

掴んだ手を自分の後ろに引き下げると掴んだ腕の肩に魔力の塊が突き刺さった。吸収しきれないレベルだったがそれでも衝撃は緩和《かんわ》できたはずだ。

だが、使えない。まともに受け取ってしまった。

（くそったれ！）

奪われたせいでエネルギー吸収が使えなくなったのだ。これで星名は自分に当たる衝撃波やエネルギーなどを受け止められなくなる。盾《たて》を奪われた状態だ。肩に灼熱《しゃくねつ》の痛みが走った。痛いというより、熱い。

腹の傷も軽くだが開いたし、何より出血が多すぎる。血が足りなくて意識が保てなくなっていく。瞼《まぶた》の裏で白い光が弾けていた。

（ここまでか）

戦闘員《せんとういん》、それも最前線で戦う彼は自分の身体の限界を把握《はあく》している、だからこそ今まで生き残ってこられたのだ。

それが告げている。これ以上は無理だった。気絶すれば多分そのまま死ぬ。

だがギルカルテやリリカは地球に戻れただろう。

それでいい。それなら、良い。かすかに笑って星名はどさりと地面に倒《たお》れこんだ。雨の後特有の土臭《つちくさ》い香りが近くなった。ぬかるんだ地面に不快に思う間もなく目を閉じる。

仲間でもない男を庇って死ぬとは、なかなかに無様な終わりだった。

6

夢を見ていた。昔の記憶《きおく》だ。永遠と繰《く》り返された実験の記憶。痛みはあった。研究に対しての憎悪《ぞうお》も。強大な力を扱うにあたって多くを制限された。

そもそも特別技能戦闘員は大なり小なり人体実験の賜物《たまもの》だ。だが身体をいじくられるのは楽しい体験ではないだろう。特に星名のような、莫大な力を手にしている者は力の制御《せいぎょ》と銘打《めいう》った実験台となるのだ。何処までなら耐《た》えられるのか、何をすると危険なのかを一つ一つ確かめられる。

毒物への耐久性《たいきゅうせい》、肉体的に損《そこ》なうとどうなるのか、などキリがなかった。星名が痛みに強いのはそれだけの苦痛に耐え切ったという理由もある。

深い眠《ねむ》りに落ちながら彼は不思議に思う。

(俺は死んだはずだ。もしくはあの子供に捕《つか》まったか)

意識が夢だと認識《にんしき》する。ここは現実ではないのだと。

ならば起きなければならない。

そうして、彼は目を開けた。


「あ、起きましたか、です」


無機質、無感動の淡々《たんたん》とした声が言う。

目に入ってきたのは美しい蜜色の髪《かみ》を持った乙女《おとめ》だった。

反動をつけて飛び起きようとした星名の左腕《ひだりうで》が不自然に突っ張る。じゃらりと不愉快《ふゆかい》な金属音が鳴った。

手錠《てじょう》。

ご丁寧《ていねい》なほどにゴツい金属の手錠は規格外の力を振り回すとはいえ、華奢な部類に入る星名の力では外せそうにない。

部屋の中を見渡《みわた》すと、どうやら小さな小屋の中にあるベッドに寝《ね》かされていたらしい。見渡した限りではヘッドフォンも、いつも纏《まと》っている白い上着も何もなかった。

ヘッドフォンがなくても能力発動に支障はないが、アレは無くすと困る。星名は少女を見つめた。彼女も無感動に星名を見つめ返す。暫《しば》し二人して見つめ合っていた。

「…お前」

「む、起きたか」

星名が口を開いたと同時に冴《さ》え冴《ざ》えと輝く美貌《びぼう》の青年が顔を出した。

射干玉《ぬばたま》のような漆黒《しっこく》の髪と薄《うす》い氷のような青色の瞳が特徴的な、見るものをはっとさせる美貌の青年。星名の灰色の瞳が敵意と警戒に染まる。ざわ、と空気が張り詰めた。

青年は僅かに首を傾げて淡々と告げる。

「そう殺気立つ必要はない。殺す気ならとっとと殺している」

「手錠までかけておいて拷問《ごうもん》が始まらない方を信じろと？」

付け加えるなら彼は上半身裸《はだか》であった。肩と横腹に開いた穴は手当てされていたが拷問は長くいたぶるために治療することが多々ある。

警戒しない方が可笑《おか》しい。まぁ拷問する前にこの男の身体中《からだじゅう》の水分を揺《ゆ》さぶってやる方がはやいだろうが。星名から情報を聞き出そうとしても無駄なのだ。

「それもそうか」

一つ頷《うなず》いた青年は手を伸《の》ばすと警戒する少年の手錠を外した。

思わず思考が停止する。戦闘《せんとう》においてはあるまじき失態だった。数度目を瞬《まばた》かせる少年に青年は変わらない様子で続ける。

「これで話せるか。手錠は縫《ぬ》うときに暴れられたからつけた。意識がなかったのか？　それにしては随分と派手に暴れていたが」

毒気が抜《ぬ》ける、というか生真面目《きまじめ》な性質の男だった。

駆け引きが苦手な訳ではないだろう、戦闘時にはフェイントを入れる巧妙《こうみょう》さを発揮していたから。

ただ単に天然なタイプだ。星名が苦手なタイプでもある。腹黒いならどうにかなるが、天然だと話が本当に通じない。頭が痛くなるのを感じながら彼は質問した。

「あの後、どうなった？」

「気絶した君を抱《かか》えて逃走《とうそう》した。追ってくる様子はない。此方《こちら》から仕掛《しか》けていたが向こうからすればすぐにでも殺せる、と判断したのだろう」

あの子供の狙いはもう地球に戻っている。軍事拠点《きょてん》に引っ込んでしまえば手出しは難しくなる。だから大丈夫《だいじょうぶ》。それよりも今気にするのは目の前の男だ。

「何の話がしたくて俺を助けた？」

こいつと話すには此方が折れないと話が進まない。

そう判断した星名は不健康なほどに青白い肌《はだ》を晒《さら》したまま向き直った。聞きたいことは最初に問うた。向こうの話を聞くべきだろう。誠実に答えてくれたことは間違《まちが》いないのだから誠実に返すべきだ。

「マスターに対し不敬です。姫《ひめ》、プンプンなのです」

西洋人形のような少女が軽く拳を振《ふ》り上げて怒《おこ》っていた。

青年が頭をポンポンと撫《な》でてやっている姿は兄妹《きょうだい》か親子のようにも見える。

だが少女は人間ではなかった。よく観察してみれば手首のあたりが球体関節になっている。人外じみた膂力を持っているのにも納得《なっとく》がいった。

「自立する人形か。随分と精巧《せいこう》だな」

「機巧人形《マキナ・ドール》という。私は人形師だから。異世界にはない技術なのだろうか？」

「ないよ。人形師自体はいるし、人形もあるが自立はしない。せいぜいが人工知能ぐらいかな。そこまで人間に近いのは存在しない」

「なるほど。そのじんこうちのう？　とやらに興味はあるが」

「俺も詳《くわ》しい成り立ちは知らねぇよ。そんな顔で見るんじゃない」

気になって仕方ない、と顔に出して迫《せま》る青年の顔面をわし掴みにして遠ざける。黄金の髪を持つ人形が不敬！　と横で叫んでぷんぷんしていた。

顔面を掴まれてちょっと冷静になったのか、青年は一つ咳《せき》ばらいをする。真面目な顔を作っているつもりなのかもしれないが一切表情は変わっていなかった。

「改めて自己紹介《しょうかい》をしておこう。私はヴィンセント。気軽にヴィンスと呼んでくれ。こっちがリシュルー」

「物部星名だよ。星名が名前。それで？　なんで俺を助けた」

「君は私を助けてくれた。だから助けた。それだけだ」

「チッ」

居心地《いごこち》悪そうに舌打ちを一つ。ヴィンセントは異世界の人間だ。助けられたとはいえ本来なら敵のはず。

元々殴り合っていた状態であったので生かす理由は特になかった。なかったはずなのについ身体が動いてしまったのだ。つい反射的にあの男から庇ってしまった。

もやもやした気分を切り替えるように話を変える。

「……アレは何なんだ。此方の技術と魔法を併用《へいよう》できる生物なんて聞いたことがないぞ」

星名達《たち》の能力、【科学魔術《まじゅつ》】は異世界側の人間が扱えない。【科学魔術】自体が身体に負担がかかる上に地球人なら誰でも使える訳ではないからだ。そして星名達地球人はそもそも異世界の技術である魔法を扱えない。

そういうものなのだ。

片方だけしか使えない。両方を良いとこ取りすることは不可能だというのに、あの少年は当たり前のように使っていた。

「しかも奪《うば》える。俺のだけじゃない、魔法も奪って振りかざせるなんて」

彼は星名の力を奪っていた。全く同じ力を使うというよりは星名が使っているものを横取りしているのが近いだろう。だから【星の歌】が相殺される事態になったのだ。

ヴィンセントは端整《たんせい》な顔立ちに困ったような表情を浮《う》かべ首を振った。

「アレは私にもよくわからないんだ」

「理屈《りくつ》が、という意味か？」

「ああ。どういう理屈で両方を扱えるのかはわからない。目的も不明だ。ただ、いきなり現れては行く先々で何かしらを引っ搔《か》き回す。本人に莫大な力があるから誰も止められない」

「…胸糞悪《むなくそ》いな。勝手に人の能力を奪いやがって、ふざけるなよ」

彼だけの特権を我《わ》が物顔《ものがお》で、まるで自分のモノであるかのようにふるまわれるのは、はらわたが煮《に》えくり返るほど苛立《いらだ》つ。苦労も知らず、簡単に使われていい力ではない。黙って聞いていたリシュルーがガラスの目を瞬かせながら呟《つぶや》いた。

「あの力、神眼というらしいです」

「神眼？　また大層な名前だな」

「文字通り神様からの贈《おく》り物《もの》です。だからみんな逆らえないし止められないのです」

「詳しい情報を。予測でも良い」

「何の為《ため》にそれを求める？」

「殺す為に」

あっけないほど軽い言葉だった。ヴィンセントが思わず口を閉じてしまう程度には早い返答で、当たり前だと考えているからこその気軽さだった。

人間の感性を持たない人形がことりと首を傾《かたむ》ける。彼女は淡々と聞き返した。

「殺すのです？」

「殺すとも。同胞《どうほう》をモノのように扱われた。【素材】だと言われた。異世界の、何も知らない人間に、だ。許せるかよ、絶対に。何が何でも殺す。こちらに手出し出来ないように確実を取る。手を出させたことを後悔《こうかい》させる」

「策があるのか？」

「元々俺はこういった場合に前に出ることを想定された戦闘員だよ。生きているなら敵を殺すように動くのが仕事だ」

「……それは少し悲しいように思う。仕事だからするのだろう？　感情ではなく、仕事であるから」

　ヴィンセントがベッドの脇《わき》に置いてある椅子《いす》に座《すわ》る。

　星名を拘束《こうそく》していた手錠はない。怪我《けが》をしているとはいえ手当てもされている。牙《きば》を剥かれれば危険な位置にいる青年は銀の獣《けもの》の手を取った。

　常にひんやりとした温度を保つ肌に通常の人肌《ひとはだ》の温かさが染み込む。星名は青年を見て頷いた。

「そう、仕事だ。仕事だから仲間をモノみたいに扱った相手を殺す。二度と仕事の名目で【素材】として提供されることがないように。俺達《おれたち》はそういったリスクがある。元々は実験台からのスタートだ、場合によってはモノみたいな扱いだって受ける。だがな、それは了承《りょうしょう》しているからだ。合意なく、文字通りの【素材】扱いを許した覚えはない」

　そうでなければ人殺しなど出来はしない。

そうやって言い訳を作って自分を調整しなければ武器を向けることなど不可能だ。星名は仲間思いだ。特に自分と同じ特別技能戦闘員に重きを置いている。どれだけ理不尽《りふじん》な扱いを受けやすいか、よく知っているから。

だからそこにちょっかいをかけてくる相手がいれば何者であろうと殺す。

戦場で死ぬのは仕方ない。そこは割り切っている。彼は万能《ばんのう》ではないから、全部を守ることは不可能だ。どれだけ足掻《あが》いても死ぬ時は死ぬ。

しかし戦場ではなく、例えば背中を預けたはずの味方からの裏切りによって敵の手に落ちたのであれば救いに行くし、その元凶《げんきょう》は徹底的に潰《つぶ》す。

そういう覚悟《かくご》の話だった。

ヴィンセントはわずかに考えた後、言った。

「よくわからない」

「わからなくて良いよ。戦争とはそういうものだ。異世界と異世界で、殺しあってる時点でな。和平はない。少なくとも、今は」

「それは、そうだが……」

「だから、お前はそれでいいんだよ。別に何も曲げなくて良いんだ。俺も考えを押し付ける気はない。そういうものであるとだけ、思ってくれればそれでいい」

握《にぎ》られた温かな手を見下ろす。異世界といえどもそこに生きる人間は人間だ。同じ赤い血を持つ、何ら変わりのない人々だ。当たり前のことなのに、こうやって触れ合うと途端《とたん》に情が湧《わ》いてしまうのが不思議だった。

普段《ふだん》わかっていても躊躇いなく殺しに走れるのに。まぁこの青年と少女の人形だけに湧く感情だろうと星名は冷静に分析《ぶんせき》した。最初に庇われて、見捨てられなくて助けてしまって、助けてもらって。

会話を続けるごとに助けて良かったと思ってしまう。

「それは置いておいて。結局詳しい情報をくれるの？　くれないの？」

「……私達も、共に連れて行ってくれるのならば」

「何故《なぜ》。あの子供はお前のことを特に認識していないようだが」

そういうとヴィンセントはふと目を伏《ふ》せた。憂《うれ》いを帯びた美貌は陰《かげ》を纏って更《さら》に美しさを上げる。

「アレは、私の友を殺したんだ」

ヴィンセントから語られた内容は壮絶《そうぜつ》なものだった。

小屋の中でしんとした静寂《せいじゃく》が積もる。

「私は友と約束をしたのだ。友は約束を守った。私に止めてくれと最後に頼《たの》んだ。だから私も守らなければならない。アレはもう、殺すことでしか止められないだろう」

「姫はマスターとマスターの友人によって設計された機体です。通常の【機巧人形】とは違《ちが》い、戦闘に特化させた個体でもあります」

「普通《ふつう》の人形は違うのか？」

「護衛としてある程度の戦闘能力を与《あた》えられることはありますが、その程度です。我々はあくまでも人形ですので。愛玩《あいがん》になる前提なので戦闘は考慮《こうりょ》されていないのです。それより他の機能を追加させる方が重要なのです」

「拳だけで戦うのはそういう設定なのか」

「YES《肯定》。本来の戦い方としては『周りにあるものを使う』です。姫の膂力では武器を使うと壊《こわ》れてしまうので」

星名の攻撃を風圧だけでかき消すほどの膂力だ。並みの武器では握っただけで壊れてしまうだろう。恐らく、本体は自らの生み出す力に耐えられるが武器となると無理なのだ。伝説の槍《やり》も、勇者の剣も圧倒的《あっとうてき》な腕力《わんりょく》の前に壊れる。自分の肉体こそがすべて、を体現している。恐ろしい人形だ。

「……そういやあの子供、地球のことを知っている割に来たことはなさそうだったな」

地球に来て何かするというよりは、地球に行くことを目的としているような、そんな口ぶりだった。

異世界に滞在できる時間には限りがある。

地球側はそれを逆手にとって異世界への門から戦えない生き残った人類を避難《ひなん》させていた。異世界滞在限界時間まで引き延ばせるように、一か月以上かけないとたどり着けないようにして、侵略《しんりやく》できないようにしてある。

飛行などで時間短縮を図《はか》ろうとする相手には特別技能戦闘員《せんとういん》を含《ふく》めた警備隊による全力での対応が常だ。

だが、あの子供であれば薙《な》ぎ払《はら》いながら進めるだろう。地球に入ることなんて造作もないように思えた。

星名の疑問にヴィンセントが答える。

「アレは地球に入ることができない」

「は？」

「リシュルーのような【機巧人形】も地球には入れない。【機巧人形】に関してだけ言えば恐らく機能を支えている魔法回路が地球では機能しなくなる為だとは思うが、あの子供は不明だ」

「まあ、魔法だのなんだのは地球だと異物扱いだからな。地球に魔力なんて存在しないし。ん？　だとすると余計になんで俺の【科学魔術】が使えたんだ…？」

「神眼だからではないです？」

「どういうことだ？」

マスターが問うと人形は無表情のまま頷いて。

「神眼とは神の目線での視界です。ありとあらゆる技巧《ぎこう》を見抜《みぬ》くことが可能で、かつ理屈を無視して他人の力を使用できる、チート能力というやつです」

「理屈無視だからどうやって使っているのかわからないのか…。デメリットも？」

「恐《おそ》らくは。ただ限界はあると推測されます、です。使用できる能力は複数同時展開可能ですが無限ではないです。ホシナ様の能力を奪っていましたが無数に展開はできないと推測できます、です。観察していたところ、五種類以上使用しているのはみたことがないので五つまでが限界ではないでしょうか？」

「最大で五種類もの能力を展開可能な上に異世界の技術も使用可能ときたか………」

「厄介《やっかい》だがそれならどうにかなりそうかな」

「どうにかできるのですか？」

「どうにかするのが仕事。って言いたいところだけど、お前たちにも手伝ってもらう」

異世界共同戦線だ、と笑った銀の少年は楽しそうに作戦を話し始めた。

CHARACTER

名前

物部星名

Hoshina Mononobe

性別／年齢

男／18歳

身長

168cm

目の色

色素の抜けた灰色

髪の色

白銀

性格

面倒くさがり

能力

エネルギーの
放出吸収のほか
詳細不明の攻撃多数

HOSHINA
MONONOBE

1

星名《ほしな》の服は腹や肩の部分に盛大《せいだい》な穴が開いてしまいボロボロになっていたのだが、万能【機巧人形】リシュルーの手にかかれば新品同様に縫《ぬ》い合わされた。渡《わた》されたそれに袖《そで》を通し、とりあえず小屋から出て、あの少年を探すことにする。

戦っていた場所は星名が辺り一帯を更地《さらち》にしていたが、三人が出た先は鬱蒼《うっそう》とした森が囲んでいた。研究所よりもっと奥《おく》まった場所に小屋が点在しているらしい。

都市とは真逆に位置する場所で異世界への門よりも後ろにあるので人気がないスポットのようだ。林業でたまに使うかな、ぐらいの頻度《ひんど》なので勝手に使っても問題ないとのことだった。

いつも通りの真白の服装に戻った彼《かれ》は自分の腹を見下ろして感動の声をあげる。

「おお…。すごいな。縫い目が全くわからん」

「刺繍《ししゅう》もできてこその【機巧人形】ですので。女性形である為、多くが世話係に使われるのです。メイドさんが欲しいけれど、人間は信用できない、というような方や王族のお姫《ひめ》様《さま》などが多いです」

「戦えて、家事もできる。そして何より主人に忠実で裏切らないから人間より安心できる、と」

「ええ。ただ数がいないことが難点です。高価なアンティークとしての価値も当然ありますが基本的に我々は人形ですのでモノとして過度に労働し、【使い潰される】ことが壊れる大半の理由となります、です」

「うへえ。それって所詮《しょせん》人間じゃないから人間の扱いはしなくていいってことだろ」

関節球体の身体を覗《のぞ》けば彼女《かのじょ》はどこまでも人そのものだ。

肌はほんのりとした体温を感じられ、傷つけば血液（人工的なものらしい）が流れる。

考えることだって、命令を自分なりに解釈《かいしゃく》することもできるのに扱いはモノなのか。

「だからこそ私のような人形師は重宝されているのだ。国境を越《こ》えて歩くことが許されている程度には、特別扱いを受けている」

「姫は目印みたいなものです。姫という【機巧人形】を連れていること自体、何らかの関係者であるという証明ですから」

「その口調だと地球には行ってないんだな」

「私は異世界にあまり興味がない。自分のいる世界だけで手いっぱいだ。そもそも行ってどうなる？」

「その台詞《せりふ》、侵略者《しんりゃくしゃ》どもに聞かせてやりたいよ」

「君の仕事は何をするんだ？」

「戦場の最前線で敵の殲滅《せんめつ》。高頻度《こうひんど》で色んな作戦に引っ張りだこだよ。適応力の高さが売りなんだ」

　星名は戦争専門の特別技能戦闘員だ。敵の殲滅においては異常なほどの適性でもって彼は戦場を駆け抜ける。

「敵、…我々の殲滅か」

「別に異世界の人間全員を侵略者と思ってる訳じゃないよ。そこらへんの区別はついてるさ。地球に置かれる侵略者どもの要塞《ようさい》とか、魔法で襲《おそ》ってくる大量の兵士の相手とか、まあ色々だけど、基本的に地球にいて迎《むか》え撃ってる感じ」

「恐怖《きょうふ》はないのか？」

「戦うことに？　死ぬかもしれないことに？　どっちも今更《いまさら》だ。まあたまに怖《こわ》いとかは思うけど。俺も人間だし」

「死ぬことに関して恐怖がない、と？　人間としては不適切なものではないです？」

「これで怖がってたら戦えないだろ。しかも俺は武器を持たずに殴りあうのが基本的な戦闘スタイルだぜ？　殺すのだって至近距離だ。嫌でも慣れるよ」

会話の合間にすん、と僅《わず》かに鼻を鳴らした星名は空を見上げた。

「どうしたホシナ」

「焦《こ》げ臭《くさ》い」

「猟犬《りょうけん》並みの嗅覚《きゅうかく》ですね」

「犬みたいだという罵倒《ばとう》かそれは」

「誉《ほ》め言葉です」

無表情で言われると冗談《じょうだん》なのか本気なのか区別がつかない。本人の声も抑揚《よくよう》がないから余計に。

「人間の身体が燃える匂《にお》いがする」

「リシュルー、何かわかるか？」

「ホシナ様の言うように人間ですね。それも複数。肉食、草食のどちらにも当てはまりません。金属が燃える匂いも混じっていますので、巡回《じゅんかい》用の機械兵器も破壊《はかい》されていると推測できます」

「機械兵器？　そんなものあるのか」

「熊、狼《おおかみ》、虎《とら》といった猛獣《もうじゅう》を模した歯車式の人形のことです。決められたルートしか巡回せず、敵に遭遇《そうぐう》して撃破《げきは》されたとしても通知がいくだけ、といった単純極《きわ》まる能力しか持たない人形で、使い捨ての量産型ですね」

「図面と素材さえあれば誰《だれ》にでも作れるものだ。森など自然に囲まれた場所の巡回に適している。食事も必要としないが猛獣を模した性質上、人間の気配に敏感《びんかん》だからな。街の護衛には向かん」

「ああ、あの熊もどき」

ルーナを連れていた時に遭遇した熊だろう。

彼は一撃《いちげき》で屠《ほふ》ったが、言い方から察するになかなか優秀《ゆうしゅう》な巡回兵らしい。

ヴィンセントが首を傾《かし》げて、

「何故、人が燃えるような事態になっている？」

「此処《ここ》ら一帯の森には異世界を繋《つな》ぐ門がある。門の周りを警戒《けいかい》するのは当然じゃないか？」

「ならば燃えているのはこちら側の人間、ということになるな」

「地球のも混じっているかもしれないぞ。入ってすぐに攻撃《こうげき》されて殺しあえるような戦闘《せんとう》狂《きょう》に心当たりはないが」

そんなことを言い合いながら三人は匂いの原因に向かって走って行った。

彼らを待ち受ける、殺戮《さつりく》の中へ。

2

死体があった。

焦げ臭い匂いを放つ黒焦げになったナニカがそこら中に散らばっていた。

森は円形に広がるように焼き払われ、機械兵器も溶《と》けた金属部分を無残にさらしていた。

生きている者は誰もいない。

自然な爆発《ばくはつ》にしてはあまりにも音がない、殺戮の現場だった。屍《しかばね》が積み重なった、赤と黒の世界だった。

門に向かおうとして死神と鉢合《はちあ》わせしたのだろう。

地獄《じごく》のような光景が、広がっていた。

「ん、あれ。せっかく見逃《みのが》してあげたのに殺されにきたんだ?」

殺戮の中心地、血と臓物に塗《まみ》れたその中で、血塗《ちまみ》れの子供が振り返って笑っていた。

「仲間じゃないのか」

パッと周りを確認したが、見たところ地球側の人間はいない。焦げ臭いのでわかりにくいが【匂い】は異世界側だけだ。転がっている装備にも見覚えがないので間違い無《な》いだろう。

ならばこの子供は自分の世界の住民を虐殺《ぎゃくさつ》したことになる。

戦争というお題目がある以上、異世界に侵入《しんにゅう》した地球人を殺すことは許可されている。たとえそれが一般人《いっぱんじん》であろうが、軍人だろうがおかまいなしだ。侵入してきたからには敵とみなす。逆も然《しか》りだ。地球側だけの話ではなく、異世界側からしても攻撃されれば反撃してくるし、それで死ぬ者も多数だ。人を殺せば罪になるが、戦争では通用しない。【異世界の人間】など、遠慮《えんりょ》する理由がないからだ。

だが、同じ世界の人間を殺すとなれば別の話になってくる。フィールド・カルナティスのように犯罪行為《こうい》に手を染めた者ならともかく、巡回していただけであろう者達を虐殺するなど正気の沙汰《さた》ではない。

「この人達？　ええとねえ、邪魔《じゃま》をされたから殺したんだあ。一人は残すつもりだったんだよ？　地球に行ってもらう為に残しておくつもりだったんだけど。断られちゃって、面倒だからまとめて殺しちゃった」

「お前、本気でイカレてるよ」

「ひどいなあ。僕《ぼく》はただ地球に帰りたいだけなんだ」

「帰りたい？」

思わず星名は聞き返した。少年は異世界の人間のはずだ。

地球人にはあり得ない魔力を持って、魔法《まほう》を扱《あつか》う。地球に行きたい、住みたいというならばわからなくはないが【帰りたい】はおかしい。

「僕はね、前世の記憶があるんだ」

子供の戯言《たわごと》だと切り捨てるにはあまりにも真剣《しんけん》な声だった。

「日本人だった。学生だったんだ。大学に通っている最中に通学路でトラックに撥《は》ねられて事故死だよ」

日本。星名の故郷だ。

だが、彼が生まれる前に日本という国は壊滅的《かいめつてき》な被害《ひがい》を受けて国家崩壊《ほうかい》しているので島国日本は地球のどこにも存在しない。

「帰りたい。それだけだよ。その為ならなんだってやるっていうのに。僕は地球にも渡れないんだ！」

「お前がいた地球では異世界と繋がっていたのか？」

「まさか。地球という惑星《わくせい》だけさ。異世界なんてファンタジーの存在だった」

ならば確実に子供がいた地球とやらと今いる世界の地球は違う次元の存在だ。もしくは遥《はる》か未来の形か。少なくとも少年が帰りたがっている日本は存在しない。それをわかっているだろうに、諦《あきら》めていないのか。

「でも神様が転生させてくれて神眼とかいう能力もくれた。あとは自分の力でのし上がるだけ。嬉《うれ》しいことに地球という存在があるから希望があったのに」

だから彼は神様に選ばれた、と言っていたのだ。それが妄言《もうげん》か、真実は置いておいて実際力を振り回している。

「何をしてもいいだなんて随分《ずいぶん》とふざけた考えだな」

そこには驕《おご》りしかない。自分は選ばれたという言葉を免罪符《めんざいふ》に虐殺を行って良い理由などどこにもない。

ヴィンセントは最早《もはや》対話すら放棄《ほうき》していた。彼にとっては復讐《ふくしゅう》相手だ、対話をすることが不快なのだろう。すでに一線は越えているのだから。

「僕が良いと思うならそれで良いんだよ。できなかったことをなす、夢の邪魔をさせる訳にはいかないのさ」

「別に夢見ることは自由だ。俺も邪魔する気はない。だがな、人様に迷惑《めいわく》をかけるんなら話は別だ。俺達を【素材】としてしか見てない奴《やつ》ならなおさらな」

お互《たが》いに主張があって、譲《ゆず》れないのなら話は単純。殺しあうだけだ。

星名の手にエネルギーが集まり、リシュルーが拳《こぶし》を構える。ヴィンセントの補助魔法が発動し、少年の手に剣《けん》が握られた。

──さあ、最後の殺し合いを始めよう。

3

リシュルーの戦い方は彼女の言葉通り、傍《そば》にあるものを使う、だった。

大樹に指先をめりこませ、根っこから引き抜いたと思えばそのまま掴《つか》んで振り回す。少年は防戦一方に追い込《こ》まれていた。

いくら強くても魔法や【科学魔術】を奪うことができるとしても、物理的な腕力だけで振り回される大樹の真ん中を叩《たた》き切ることは不可能だ。リシュルーの攻撃を補助してやりつつ、遠距離《えんきより》攻撃《こうげき》に徹底《てってい》していた星名は冷静に相手を観察していた。

（なーるほど、俺の攻撃が直接当たらなければ奪えないのか。【星の歌】は常時発動型だから奪えた、と。エネルギー吸収の奴は受け止める際に向こうの魔法に触《ふ》れていたから取られたのかな。ただ、純粋《じゅんすい》な腕力だのなんだのといった【本人の肉体】に依存《いそん》する場合は対処が不可能。考えてみれば当然か。相手の肉体に依存するものまで奪えたらそもそも地球の人間の構造を奪えばいい）

もう一つ。

少年は五種類までしか能力を奪えないというリシュルーの推測は正しかった。どれだけ攻撃しても五種類以上使ってこない。星名の音、そして吸収で二つ。残りは誰かから奪った魔法だ。星名から奪ったものを使っていない。別の能力を当てるとそれを奪う。最初に奪ったものはすぐ手放していた。ストックは出来ないようだ。それさえわかれば対処など簡単だった。

星名の能力はエネルギーそのもの。

切《き》り貼《ば》りしていけば【いくらでも生み出せる】。光、重力、水、火、熱、風……上げていけば幾《いく》らでも存在するのだ。よって彼はただめまぐるしく自分の武器を変えていけばいい。

同じモノにこだわる必要などない。最初に相対したときは奪われた力は全部を使えると思って対応していたのでエネルギーに制限があったが限度があるなら話は変わる。負ける道理もなかった。

「鬱陶《うっとう》しいなあ！」

「そりゃあチマチマ攻撃してるからな。人様の能力を奪うだけのちっぽけな脳だと捌《さば》くのも一苦労なんじゃないかにゃー？」

戦争を個人で担《にな》える特別技能戦闘員《せんとういん》と呼吸を必要としない【機巧人形】のダブルコンボ。しかも人形の無酸素運動のラッシュに巻き込まれたら音を上げるのは当たり前だろう。だがそれが決定的な隙《すき》に繋がっていないのが恐ろしいの一言に尽《つ》きた。蜜色《みついろ》の髪の乙女が地面を蹴《け》っ飛ばして小石を礫《つぶて》に変える。

防御《ぼうぎょ》していても肌をかすめるそれらは無数の細かな傷を少年に残す。そうやって彼女が気を引いている間に銀の少年が滑《すべ》るように懐《ふところ》に入り込むとエネルギーの塊《かたまり》で肩《かた》に穴を開けてやった。星名が攻撃を受けた場所と全く同じ位置だ。

目が合った少年に告げてやる。

「借りは返すぜ？」

「なめるなぁぁぁッッ？」

子供の癇癪《かんしゃく》で振り回される剣など何も怖くない。冷静に見定めて距離《きょり》を取れば【紅の騎《き》士《し》】が使用していた伸びる剣でもないそれはむなしく空を切った。

「（ヴィンス）」

「（なんだ）」

「（大技が来るぞ）」

星名がそう囁《ささや》いた途端、少年の剣が輝《かがや》いた。伸縮《しんしゅく》自在ではないが、それ以上に強大な力を持っている。少年の莫大《ばくだい》な魔力《まりょく》を攻撃としてまき散らすことができるのだ。だがわかっていればタイミングは単純だし、回避《かいひ》すれば追撃《ついげき》もできないのだから怪我もなしで終わる。吸収が使えなくても関係ない。

銀を纏《まと》う少年は、実に凶悪《きょうあく》に笑う。

「そっちこそ戦争やってる人間をなめるなよ？」

「【滅《ほろ》びのルーン】起動！」

剣に刻まれていた文字が青く輝く。魔力の風を纏った斬撃が放たれた。リシュルーが武器としていた大樹が瞬《また》く間《ま》に分断される。防御を無視したまさに【滅び】の一撃だ。

危《あや》うく自分の腕《うで》ごと切り落とされそうになった彼女は冷静に拳で剣の側面を叩いた。それによって狙《ねら》いが大きく逸《そ》れる。結構な速度でぶん回されている剣を回避するリシュルーを横目に星名は考えを巡《めぐ》らせた。

「（あの光、とルーンって言葉から推測するに異世界にルーン提供したのもあいつか）」

星名でさえ苦戦しているほどの能力者だ。クラウディアの擬態《ぎたい》を見破れたのもうなずける。本人の性格やらなんやらはともかく、技術が凄《すさ》まじいといえるだろう。

「どれだけ能力が高かろうと子供の武器じゃ誰も手に取らないし、本気にしない」

「な、んだって？」

独り言に近い言葉だったが少年に届いたらしい。軋《きし》んだ動きで此方を睨《にら》んでくる。

「ソレ、ルーンの武器はこっちで見たよ。だが下《した》っ端《ぱ》の兵士に配られていた。こっちの迷《めい》彩《さい》専門、誰にも見破られることがない絶対的な不可視の透明《とうめい》マントを引きはがせるほどの威力《いりょく》を持った武器が、だ。つまり信用されてなかった。武器として最高性能を持っているにもかかわらず」

資金か、コネクション作りか、どちらにせよ相手に信頼《しんらい》してもらい、地球の【素材】を手にしたかったのだろうが所詮は子供。まともに相手をするはずがない。実力者だろうがなんだろうが、そういうものだ。

どこかの王族や貴族であれば権力でどうにかできただろうが、それでも子供の戯言で流されてしまう。

結果として実力者のもとにあれば無類の強さを発揮したであろう武器は下っ端の手に渡

るだけ、それも星名が破壊したから結果として成果は何もなし、だ。

クラウディアの擬態を破ったルーン技術、フィールド・カルナティスでは決して扱えないはずの技術を保有し、ルーンという地球側にしか存在しない文字を利用した兵器を作り出す技術者は誰かと思っていたが、こんなところで繋がっているとは。幾ら地球側の関係者を漁《あさ》っても出てこないはずだ。そもそも関係がないのだから出てくるはずがない。

「自作なんだろう。ルーン魔術なんてこっちでは存在しないしな」

惑星環境《わくせいかんきょう》が違う為、発展した文明も違う。似たところはあれども、文字も、歴史も、人種も違っているのだ。何故、文字も違うのに言葉は通じるのかだとか疑問もあるのだが、いまだ解明されていない。

「知らない武器は確かに強力な交渉《こうしょう》材料だ。戦時中ならなおさらに歓迎《かんげい》されるだろう。圧倒的武力を誇《ほこ》っていても、俺みたいなのがいるからな。武器はあった方がいい。でもそうじゃなかった。なんでだと思う？」

「子供だから、冗談だと思われて本気にされなかった、です？」

「正解。見たところ保護者もいないなら不審者《ふしんしゃ》丸出し、要警戒《ようけいかい》対象が良いとこだ。地球側の奴は面白《おもしろ》がって協力してくれたけど、あくまでもちょっとだけだった、とかかな。試作品として下っ端に武器を渡してやったぐらいだったから、研究者の方に協力を求めたんだろう。だがあの女も、お前に価値はそんなに見出《みいだ》していなかった。だからピンチになった時に助けに行った。そうしたらお前の価値は高まるもんなぁ？」

世知辛《せちがら》い世の中だぜと星名はケラケラ笑い飛ばした。子供が一人でいれば疑われるのは当たり前。実力さえあればどうにかなるのはファンタジーの世界だけだ。現実になったら保護者の存在は欠かせない。特に国として活動しているなら当然のことだろう。

非合法な世界であれば弱肉強食で話がつくかもしれない。だが少年の目的は地球。一人でも渡れたなら話は別だったのに、そうではなかった。

「そりゃあこんな手段に出ないと何も出来ないよなあ？　なまじ力がありすぎて他の所にいたら異物扱いだ。地球にも出向けないから戦争にも使えない」

「ああ、私がいた街にも流れ者としてきたはずだ。子供ながらに旅をしている、と噂《うわさ》になっていた」

旅人ならいいが定住者としては受け入れられなかったのだろう。強大な力はそれだけ人から恐れの目を向けられる。

星名だって安全な街中で力を振《ふ》り回せば怖がられるだろう。特別技能戦闘員の中でさえも【ワールドクラス】などという強さを持っているのだ。その気持ちは理解できた。巨大《きょだい》な力は鎖《くさり》でもあるということは。

「馬鹿ばっかりだ。どいつもこいつも。僕は帰りたいだけなのに!!」

前世の記憶《きおく》さえなければ異世界にそのまま馴染《なじ》めただろうに。そうすればもしかしたら手ごわい敵として国に仕えていたかもしれない。

(たらればの話をしても無駄《むだ》か)

ふん、と軽く笑って彼は別のエネルギーを手のひらに集めた。ぐるりと肩を回して彼は言う。

「さあ、ラストスパートだ」

実に堂々とした、宣言だった。

「僕に勝てる訳ないだろ！」

「三人だけならな」

「は？」

ぽかんとした顔を晒《さら》した少年を、左右と背後、そして空からありとあらゆる攻撃が思いっきり叩いた。

4

「これ、は……ッ‼」

「遅《おそ》いよ、お前達《たち》」

「いきなり居場所を言われても異世界と地球じゃズレるって知ってんだろうが！」

ギルカルテだった。

寒冷地専用の分厚い外套《がいとう》を翻《ひるがえ》し、彼は雷《かみなり》を連発して落としていく。小さな竜巻《たつまき》を腕に巻き付け、彼は足元の地面から崩《くず》しにかかった。だが雷を無視して空に飛びあがった少年は余裕《よゆう》の笑《え》みで回避してくる。星名の能力だ。

当たるはずの雷を無効化すると少年は馬鹿にするように言った。

「雷なんていくらでも無効化できるよ」

「ではレーザーに対してはどうですか？」

鈴《すず》の音《ね》を鳴らしたような、涼《すず》やかな声だった。雷の合間を正確に縫《ぬ》って、左右から挟《はさ》み込むように光が駆《か》ける。はっとした顔になった少年だったが視界に入った時点で攻撃は終了《しゅうりょう》している。

星名から奪《うば》った吸収の力は自分で意識しなければ発動しない。光には反応できなかったようだった。

ぶしゅ、と少年の細い両腕《りょううで》に穴が開く。

「おー、流石《さすが》だな。もう復帰できたのか」

「医療《いりょう》専門の特別技能戦闘員のおかげでな。オレとしてはもうちょい大人しくしてほしいんだが」

「妾《わらわ》を好き勝手してくれた者にお返しをしなくては気が済みません」

【水晶乙女《すいしょうおとめ》】。彼女は自分の身をいくつもの水晶《すいしょう》やガラスで飾《かざ》り、それによって端末《たんまつ》から飛ばしたレーザーを複雑に反射させた攻撃方法を取る。

生きたレーザー兵器。これによって攪乱《かくらん》、回避、攻撃とすべてを網羅《もうら》できるのだ。

「物理攻撃なら避《さ》けようがないんでしょッ！」

よろけた少年の横っ腹を吹《ふ》き飛ばす勢いで掻盾牛《かいだてうし》が叩き込まれる。ふわりと優雅《ゆうが》にドレスの裾《すそ》を揺《ゆ》らしながらツインテールの少女が躍《おど》り出た。

「次から次へと！」

「姫《ひめ》もいますので、お忘れなく」

少年が掻盾牛を木端微塵《こっぱみじん》に破壊するとその破片《はへん》すら利用して【機巧人形《きこう》】が迫《せま》る。拳がその頬《ほお》に叩きこまれた。吹っ飛ぶ少年に美貌《びぼう》の人形は首を振る。

「浅い」

「あれでか⁉」

「頭を潰す勢いで殴《なぐ》ったので」

「怖いわね、この協力者！」

スーチィ、ギルカルテ、リリカはおおむね戦闘《せんとう》が得意な特別技能戦闘員だ。

【誰に届くか】不明だったが自分の頭が行動を共にしていた者の音を覚えていたらしい。

無事届いて何よりだ。

「ホシナ、彼らは？」

「俺の仲間。あの子供相手に三人だと前の二《に》の舞《まい》だからな。【星の歌】を飛ばして一方的に場所を伝えてたのさ」

通常の兵士なら軍から正式な命令がなければ動けない。だが特別技能戦闘員は特殊《とくしゅ》な立場にある。こうやって救援《きゅうえん》を要請《ようせい》すれば駆けつけてくれる程度には、自由があるのだ。

「異世界にはどんな手段を取っても連絡《れんらく》はできないと聞いたが」

「俺の能力の一つ、【星の歌】は音に似たナニカだ。真空の中ですら伝わる衝撃《しょうげき》。文字通り星の数ほどある音は少しずつ違うし、銀河系の彼方《かなた》まで届くんだよ。異世界如き、届けることとなんて余裕」

ただし、星名しか使用できない能力なので一方通行な上に下手な音を届けると届けられた相手が発狂《はっきょう》、または物理的に破裂《はれつ》してしまうので加減が必要なのが問題といえば問題だろうか。一対一なら調整が効くのだが複数になると途端にややこしくなる。

「異世界の門が近くて助かったよ。流石に離《はな》れていると面倒《めんどう》だからな。時間稼《かせ》ぎにも限度があるし」

確実に殺す為《ため》には不確定要素をすべて潰《つぶ》す。その為の布石だ。星名は一度少年に敗北している。今度こそ油断していないから負けない保証はどこにもない。無敵ではないのだから負ける可能性も考慮しなければならなかった。

殴られた頬を腫《は》らし、両腕から血を垂れ流す少年に星名は冷徹《れいてつ》な視線を向けた。

「これがお前を逃《に》がさない為の選択《せんたく》だ。此処で殺す。確実に」

多勢に無勢だろうが、異世界の人間と手を組もうが、確実に殺せるなら受け入れる。卑《ひ》怯《きょう》とは言わせない。そもそもこれは戦争で、こちら側に害を与えてきたのはむこうが先。ならば反撃《はんげき》されることも想定するべきだろう。

「俺《おれ》は仲間に手を出されて、笑って済ませられるほど能天気でもお人よしでもないんでな」

「こちらも友との約束がある」

黒と白、異世界と地球。真逆の性質を持った二人が隣《となり》に立つ。少年が叫《さけ》んだ。

「雑魚《ざこ》が何人集まっても無駄だ！　お前の力を使えば、どうとでもなる！」

「さあ、どうかな」

ごぷりと少年の口元からどす黒い血が吐《は》き出された。

「え」

「おお、ようやっと追い付いたな」

実にのんびりとした声だった。

5

銀の少年は笑っていた。当然のことを告げる声音《こわね》で彼は告げる。

「適性もないのに人の奪うからそうなるんだよ」

「何したのよ、今度は」

「俺は何もしてないよ。俺はね」

口から血を吐き出した少年が呆然《ぼうぜん》と呟《つぶや》いた。

「なん、で」

「ふふ、何故《なぜ》だと思う?」

楽しそうに彼は問い返す。

能力を奪われているのに彼は嗜虐《しぎゃく》的に瞳《ひとみ》を細めている。答えたのはギルカルテだった。

彼は何をしたかをわかっているようで嫌《いや》そうに顔を歪《ゆが》める。

「手前の能力だろ。悪趣味《あくしゅみ》な方法にしやがって」

「選んだのはむこうだ」

「？　結局どういうことなのですか？」

にこりと笑った星名は、

「俺の能力の吸収は正確に言えば相殺《そうさい》だ。建物みたいなものなら兎《と》も角《かく》、魔法や他の能力は食えないからな。同じ質量のエネルギーをぶつけることで吸収しているように見える」

「太陽すらエネルギーに変える悪食《あくじき》のスターリヴォア、だったかしら？」

「悪食は余計だよ、間違《まちが》っちゃいないがな」

「ソレの何が問題になるっていうんだ！　なんで、なんで【僕の身体が壊《こわ》れていってる】！」

少年の身体の内部はボロボロだった。力を使っていないのに溢《あふ》れるエネルギーがその身ごと削《けず》っているのだ。

「俺のスターリヴォアは悪食だ。【星喰《く》らうモノ】の名に相応《ふさわ》しく。その莫大なエネルギーと常に連結していたら身体が保《も》たない。だからいつもはセーブしてるのさ」

星名が常に能力を微弱《びじゃく》でも良いから使用しているのはここに理由がある。

なにかを常時、二十四時間三百六十五日消費していないと力が溢れる。具体的に言うと星名と繋がっているスターリヴァアは自分の力が使われていないと拗《す》ねる。

あの生命体（本来の意味での生命体に当てはめていいのか大いに疑問が残るが）は惑星を食い続けて自分の生命エネルギーを維持《いじ》しているが、その莫大なエネルギーは星名にも流《なが》れ込んでいる。

「そうだなぁ、蛇口《じゃぐち》みたいなモンかな。常に水が出しっぱなし状態が一番近い、かもしれない。スターリヴァアから受け取るエネルギーはずっと流しっぱなしなんだ。一定の量を俺という器に流されている。だから俺の方で操作はできないんだよな。あくまで器側だから、蛇口には触れない。ただ戦闘の最中とかだと水をいっぱい使うだろ？　そうすると器に満たされている水の量が減る。スターリヴァアはそれを感じ取って水の量を増やしてくるんだ。蛇口を捻《ひね》って水の量を増やすみたいにな。アイツは今俺の能力を使ってる。つまり、同じ水を受け取ってるって訳。受け取る器が二つになったからその分、受け入れられる量は増えるよなでも器は二つにわかれてる。片方はいっぱい、でももう片方はそうじゃないって状態だ。しかも満たされていない器は水をいっぱい使ってる。少ない方に水を流して器を満たそうとするのは当たり前だろう？」

文字通り宇宙規模での存在である【星喰らうモノ】にとって水を流す場所があるのならそこに注《そそ》ぎ込むことに何ら疑問は感じない。余剰《よじょう》エネルギーを回してくれているだけなので足りなくなる、なんてことは絶対にないのだ。それこそ何十億の人間がいたっていつも通りに生活できるほどに有り余っている。

流されるエネルギーを使う為に恒星《こうせい》やら何やらを犠牲《ぎせい》にしなければならない存在だ、立っている土俵が違《ちが》う。

器が満たされるだけなら良いが、許容量を超《こ》えてしまったら?

水は溢れていくだろう。注がれる量が変わらないのだ。使う分と注がれる分が崩れれば崩壊する。

「理屈《りくつ》さえわかれば誰にでも使える能力なんだ、本当は。ただスターリヴォアから注がれるエネルギーのバランスが難しいみたいでな。ああいう風に何も考えずに使いまくったら器が保たない」

星名ですら長時間戦闘するとそうなる。器から溢れ出た水が器自体を壊しにかかる。

「元々人間が受け取れる量なんてたかが知れてるのに、溢れるエネルギーを使おうと身体が無理を超える。そうすると筋肉が千切れるわ、内臓がイカれだすわ……あげるとキリがないんだよな。結構壮絶《そうぜつ》な状態になるんだぜ」

そういった理屈を込みで無意識のうちに調整できるレベルまでコントロールできるから

こそ星名は莫大な力を振り回すことができている。

だが、その理屈を知らず、便利だからという理由で何も考えずに使い続けていれば莫大なエネルギーを流し続けられる器の方が保たなくなってしまう。

「調整の仕方がわからないだろう。俺だって調整をしくったら血反吐《ちへど》を吐くんだ。スターリヴォアに加減なんてものはないからな。これだけ長時間力を使いっぱなしにしていたら肉体が保つわけないだろ。しかも奪っているのは吸収だ。自発的に使えない。受け取る攻撃をエネルギーと相殺させて、初めて使える能力なんだから」

それにいくら攻撃を受けてても、常に流し込まれる水の方が多くては消費が追いつかない。しかも相殺できるのは理屈を理解してこそ。何となくの感覚で扱える天才だろうが光での攻撃や純粋な物理攻撃にまでは対応できるはずがない。

「こ、の」

今まではデメリットなしの能力しか使ってこなかったのだろう。身体に返ってくるような、デメリットが大きい能力を使っているとも思っていなかったらしい。

「それ、今アンタに返ってきたらやばくないの？」

「返ってきたら自分で調整するから問題なし。まあ手放すより前に死ぬと思うけどな。アレはもう、限界だ」

なんとか動けているようだが内臓はズタズタになっているだろう。手の施《ほどこ》しようがないはずだ。無理に血まみれの腕を振り上げた少年の片腕《かたうで》をリリカの武器が吹き飛ばす。足をスーチィの光とギルカルテの雷が撃《う》ち抜《ぬ》いた。

少年はずしゃりと地面に跪《ひざまず》いた。

「ほら、ヴィンス。とどめはやろう」

黒髪《くろかみ》の青年の腕を取って、少年は獲物《えもの》を差し出した。最早血の流し過ぎで動くこともできないし、星名の【歌】を使っても相殺されてどうしようもない。

少年は神眼というチート能力とそれに相応しい魔力量を持っている。だがそれだけだ。

根本的に他者がいないとどうしようもない。

他者から能力を奪って自分のモノにするが、自分だけのモノが神眼だけだ。

「奪うだけで、自分のモノがないから使う側に利用されるんだ」

星名の言葉に少年はわずかに目を細める。その顔にふと深い悲しみがよぎった。

幼い顔立ちに相応しくない、大人びた色が宿る。

「ま、こうなるなら仕方ないかなぁ」

かすかに笑った声には疲《つか》れ果てた中、やっと休める老人のように穏《おだ》やかな安堵《あんど》があった。

リシュルーが少年の剣を拾って主人に柄《つか》を渡《わた》す。

慣れた手つきでくるりと回転させた青年は淡々《たんたん》とした表情で刃《やいば》を少年に向けた。

彼《かれ》は淡《あわ》く笑う。自らの剣の煌《きら》めきを見ながら、ため息のように吐き出した。

「今度は覚えていたくないなあ」

最後の瞬間《しゅんかん》さえ、彼は命乞《いのちご》いだけはしなかった。決して、それだけはしなかった。

終章▼ ▲異世界://???

1

星が泣いていた。

音と音が重なり合って、響《ひび》き合って一つの音楽を紡《つむ》ぐオーケストラのように、荘厳《そうごん》な讃《さん》美歌《びか》のように。

頭の中で星々が泣いていた。呪《のろ》いのように、祈《いの》りのように数多《あまた》の星が泣き声を響かせている。

「うるさい」

いつものことだ。【星の歌】が途切《とぎ》れることはない。これは星々の追悼歌《ついとうか》であり、鎮魂《ちんこん》歌《か》なのだ。

終わりに向かう星への祈り、先に還《かえ》ることへの呪い。

星の嘆《なげ》きに感化されたのか、目を開くと涙《なみだ》が伝った。星名《ほしな》はベッドに横になっていた。

彼と同じ真っ白で整えられた病室は研究所にいた頃《ころ》を思い出してあまり好きではない。

（あぁ、そうか。帰ってきたんだったな）

地球に戻《もど》ってきた記憶はないが、病室にいるということは無事に帰還《きかん》できたのだろう。

病室の個室に備え付けられた大きな窓から夜空が見えた。明かりが消されているせいか、星がよく見える。

換気《かんき》の為、開けられている窓枠《まどわく》に雪のように白い梟《ふくろう》が留《と》まっていた。

左右で色の違う瞳を持つ梟の脚《あし》には手紙がくくりつけられている。

「なんだ、これ」

ベッドから降りて近寄っても梟は何も言わなかった。随分と大人しい個体だ。

訝《いぶか》しく思いながら手紙らしきものを広げると数字と地図のようなものがあった。見たことがないような文字も添《そ》えてある。

「なるほど」

にい、と笑った星名はそのまま病室から姿を消した。

2

「よぉ、久しぶり」

夜明け。再び異世界に顔を出した星名は相変わらずの白い格好《かっこう》だった。

モコモコのファー付きの上着こそ羽織っているものの、いつもの服装よりは随分とラフな格好だった。服の隙間《すきま》から覗《のぞ》く肌《はだ》からは包帯が見える。その頬にもガーゼが貼《は》り付けられていた。髪《かみ》も、服装も、白くまとめた彼は色素の抜けた灰色の目を友好的に細めて手を挙げた。

「ああ、確かに久方ぶりだな。三、四日ほどか」

「ホシナ様。こんばんは、と申し上げるのがよろしいでしょうか？　時刻的にはおはようございます、になりますが」

日の光に照らされて美しく輝く湖畔《こはん》を背景に、黒髪の青年と蜜色の髪の美貌の人形が声を返した。彼らの周りには相変わらず人がいない。一人と一体で旅を続けているのは変わらないようだった。

だからこそこうやって星名が顔を出せるのだが。

「異世界とはいえ、時間の流れは一緒《いっしょ》だからな。俺が起きるかは賭《か》けだっただろうに」

「問題ない。暫《しばら》くは滞在《たいざい》するつもりだった。怪我《けが》の具合は？」

「平気。久しぶりの大怪我だったからな、皆《みな》大げさだ」

　口調は軽いが本来なら重症患者《じゅうしょうかんじゃ》だ。絶対安静だってのに焼いて塞《ふさ》いだから問題ないだろうと抜け出してきたのである。しかも無断で。怪我をした直後だというのに馬鹿みたいに動いて戦っていた頑強野郎《がんきょうやろう》だが地球に帰ったら普通《ふつう》に倒《たお》れた。ぶっ倒れて目覚めなかった彼を、リリカを含《ふく》めた仲間達や上官のアナスタシアはずっと心配して見守っていたのだ。

　だが、彼は目覚めてすぐに抜け出してきた。

　今頃《いまごろ》空の病室に大絶叫《だいぜっきょう》して彼の大捜索《だいそうさく》が行われているであろう。もしかしたら捜索専門の特別技能戦闘員まで動員されているかもしれない。

「良いのか」

「良いんだよ、最近仕事ばかりで休みなしだ。怪我のついでに休みも取らされるしな」

　戦争中だが彼らにも休みはある。コンディションがそのまま作戦の成功に関わってくるので任務への休暇申請《きゅうかしんせい》などは通りやすい。だが星名は最近はずっと任務《にんむ》漬《づ》けだったので余計に休みを取りやすい状態だ。

　休暇《きゅうか》自体は問題ない。休暇先が異世界で、かつ異世界人と会うものでなければ。

「で、だ。用件はなんだ？　異世界からわざわざ秘密の手紙を届けてまで呼び出して。地図じゃなかったらマジでわかんなかったぞ。というかどうやったんだ？」

「誓《ちか》いを」

「話聞けよ……誓いって何の」

星名の愚痴《ぐち》を無視してヴィンセントは真顔で軽く口笛を吹いた。高く、澄《す》んだ音が響く。それに呼応するようにばさりと大きな翼《つばさ》が空気を叩く音がする。

「あれ、さっきの梟？」

星名の病室に手紙を届けに来た、新雪のように真っ白な体毛を持つ大きなシロフクロウだった。黄金を埋《う》め込んだような金と深い青色のオッドアイの瞳を持っている。

それは自然な様子で星名の肩に舞《ま》い降《お》りた。大きな体格と詰《つ》まった筋肉もわかるのに不思議と重みを感じない。

同じようにヴィンセントの方にも梟がとまっていた。あちらは闇《やみ》を溶《と》かしたように黒い。目の色も同じだが位置が逆だった。

「我《わ》が友《とも》との約束を果たさせてくれた。君とは決して戦わないという誓いを立てたい。世界を超《こ》えた友人、盟友への贈《おく》り物《もの》として」

ホー、と鳴き声をあげた梟は嘴《くちばし》を髪に擦《す》り寄せる。キュルル、とその瞳から僅《わず》かに軋んだ音がした。聞き覚えのない音に星名が目を瞬《まばた》かせる。

「人形か」

「あぁ。人型ではないからすぐに出来た。食事も必要としないし、魔力も要《い》らない。自家発電で賄《まかな》える優《すぐ》れものだぞ」

作り物だと言われなければわからないほどに精巧《せいこう》に作られた鳥だった。瞬きもするし、触れた時の温度も感じる。

流石は人形師。人間と間違うほどの人形すら作る青年にとって鳥を作ることなど言葉通り造作もないのだろう。

「地球？　とやらの君の世界に持って行っても壊れなかっただろう？　魔法《まほう》で保護してあるから頑丈《がんじょう》さは折り紙付きだ」

「あぁ、まさか人形だとは思わなかったよ」

「きちんと作動するのかを確認《かくにん》も兼《か》ねていた。手紙も届けられたようだし、動作に問題はない」

リシュルーは地球に行けないのにこの差は何なのだろうか。というか異世界に長期滞在可能な生物など研究者からしたら垂涎《すいぜん》ものだろう。

この青年だけで文明レベルが大幅《おおはば》に底上げされるだろうに。

「マジで大丈夫《だいじょうぶ》なんだろうな。壊れたら直せないぞ」

「その点でいえば問題ありません、です。そもそも、その生物は生きていません。無機物です。カラクリ細工ですので。どのような環境《かんきょう》であろうと適応できますです。それに壊れるとわかりますのでご安心を。代わりは用意できます」

「なるべく壊さないようにするよ。それにしてもリアルだな」

「それが仕事だからな」

「それはいいんだけど。コレ、どうすりゃいいの？」

純粋な疑問を投げると、子供のような仕草で首をかしげられた。

「いや、俺は異世界の人間だぞ。地球に置いとけばいいのか？」

「君と私は友人だ。世界がどうあれ私は君とは戦わないと誓った。友人なら連絡を取るものだろう？　だが異世界の住民同士は連絡が取れない。だから連絡手段を用意した。手紙をやりとりできるようになっただろう？　こちら側に来た時も連絡をくれればいい。力になろう」

「うーん、そこじゃねぇなぁ。いや、ありがたいんだけどさ」

異世界の事情は探《さぐ》っているがそれも数が少ない。

滞在時間の問題もあるし、根本的に人手が足りず、何より危険であるので現状維持が精いっぱいなのだ。

任務をこなすうえでも異世界の住民からの協力はありがたい話である。

話なのだけども！

「無駄ですよ、ホシナ様。マスターは自分が決めたことは曲げないのです。その鳥もホシナ様を覚えたから何をしてでも傍《そば》に付くのです。べったりです」

「ストーカーじゃねぇか」

「ストーカーじゃない」

「というかお前が国とかに強制されたらどうするんだよ。お前は戦わなくても他の奴《やつ》らはそうじゃないだろ」

「よくわからない」

取《と》り敢《あ》えずストーカー鳥はどうしようもないことはわかったので傍に置いておく。ストーカーなら十中八九、彼を追いかけてくることだろう。

そこはいいが、幾《いく》らヴィンセントが星名を傷つけないと言ったところで言った通り他の者には関係ない。

拷問《ごうもん》でもされて利用されることになったらどうするつもりなのだろうか。わからない、で済む問題じゃないのだが。

「私は私だ。誰《だれ》かに強制されることはないぞ」

「リシュルー、通訳してくれ」

「はいです、ホシナ様。あのですね、マスターは国や権力者に縛《しば》られない立場の方なのです」

「どういうこと？」

「マスターは前にお話ししたように姫のような個体を作れる珍《めずら》しい人形師です。国境すら越えられるので顧客《こきゃく》が世界中にいます」

「客の大半が王族だったり、大貴族だったりするからな、人形師には不干渉《ふかんしょう》という暗黙《あんもく》のルールみたいなのがあるんだ」

「縛り付けられると困るのはお互《たが》いですからケンカしない為の措置《そち》です。人形師一人をめぐって国同士で戦争とか割とあり得る事態なので、です」

「なるほど」

単純に強大な敵に立ち向かう為、世界中で手を組みましょう状態な地球側と違い、異世界は国同士の利権が複雑に絡《から》み合っている。それは向こうの余裕の表れでもあった。地球はただの資源であるのだからそもそも眼中にないのだろう。

【第一次異世界大戦】の折に地球側に大打撃《だいだげき》を食《く》らわせているからすぐに潰せる、と。

（今度国ひとつぐらい壊滅《かいめつ》させてやろうか）

物騒《ぶっそう》な考えを巡らせつつ、彼は細い指先で梟を撫《な》でる。

もさりとした毛並みは本物そのものだ。

「君こそ大丈夫なのか？」

「問題ないよ」

こちらは即答《そくとう》だった。考えるそぶりすら見せない。

「何故だ？」

「誰と友人になろうが俺の自由だからな。文句は言わせんさ。俺は正式な軍人という訳でもないし」

「では」

「うん、お前とは友人だ。戦わない。まあ、戦時中だ。敵対するかもしれないけれど、お前とリシュルーだけは見逃《みのが》そう。お前が俺を裏切らない限りは絶対に」

「ああ、それでいい。ありがとうホシナ。君の信頼を嬉《うれ》しく思う」

「あと一つ。忘れちゃいけないデカい問題あるよな」

「なんだろうか？」

「手紙だよ、手紙。文字違うからお互いに読めないぞ」

きょとんとされた。やっぱりわかっていなかったのかと星名は額に手を当てる。

「お前は俺の文字も読めないだろうし、俺だってお前の文字は読めないよ」

ヴィンセントのもとに辿《たど》り着けたのは地図と数字から推測した結果だ。これが雑談だのなんだのになったら絶対に何が書いてあるかなんて読めない。星名は解読専門ではないのだ。お互いに文字を学んでから始めると何年かかるかわかったものではない。

盲点《もうてん》だったと目を丸くする二人に大丈夫かと少々心配になりながらも、星名は言葉を紡いだ。

「だからこちらも贈り物を」

ヘッドフォンに仕込《しこ》んでいたモノを取り出す。それは一見すると小さなただの石のようだった。

「これは？」

「星だよ。隕石《いんせき》。珍しいモノでな、互いにしか聴《き》こえない【星の歌】を送る、二つで一つのものだ」

使い勝手が悪いあまり仕舞《しま》い込《こ》んでいたのを持ってきたのだ。星名のヘッドフォンには他にも色々な隕石を仕込んである。

「これを使えば連絡装置になるんじゃないか？　電話的な感じで」

「…なるほど、今改良しよう」

二羽の梟を呼び寄せてヴィンセントが手早く改良していく。程《ほど》なくして梟は無事、互いの声を届けられた。

くるくると互いを追うように空を飛ぶ二羽を見上げて、二人は軽く笑い合った。

その様子を人形だけが見つめていた。

3

「いやぁ、無事に終わって何よりだな」

あっはっはっ、と軽い笑い声をあげる星名。

真っ白なベッドの上で同じ色彩《しきさい》を持つ少年は肌より白い包帯まみれだった。肩《かた》や腹は言わずもがな、頬や両腕など細かな傷を合わせると多分肌より包帯やらガーゼやらが多いレベルである。なんだか異世界から帰還した時より怪我《けが》が増えているように思える。

「【ワールドクラス】のくせに何でそんなに大怪我してるのよー？」

「一応、病人の前だぞぅ、静かにしようぜ」

星名の前には特別技能戦闘員《せんとういん》が勢揃《せいぞろ》いしていた。

鮮《あざ》やかな黄色のドレスを纏《まと》ったリリカが泣きそうに顔を歪めている。

「病人っつーか怪我人ですけどねぇ」

「こんなにボロボロな星名初めて見たんだけど！」

「そうだな、初めて見た。いつも無傷だから」

「そうですね、妾も涼しい顔して敵を殲滅《せんめつ》してる姿しか見たことがないです」

順にクラウディア、ルーナ、ギルカルテ、スーチィ。

散々な言われようであった。

どいつもこいつも、と軽く笑いながら星名はベッドから起き上がった状態で自分の腿《もも》に軽く頬杖《ほおづえ》をつく。

「見た目が大袈裟《おおげさ》なだけだよ。自分でどうにかしてるし、傷も塞がってるんだがな」

【星喰らうもの】スターリヴォアの莫大《ばくだい》なエネルギーを利用して自分の肉体を急速に回復させている。

放っておけば勝手に塞がっていくだろう。こんな大袈裟な入院をする必要など本当はないのだ。アナスタシアを始めとする心配性《しんぱいしょう》な面々が彼の言葉を聞かずに問答無用で病室に叩《たた》き込んだだけで。

「阿呆《あほ》なこと言いなや、相当な大怪我やったんやよ？」

いきなり、はんなりとした柔《やわ》らかな声が呆《あき》れた響きを伴《ともな》って割《わ》り込んできた。あまりにも自然な割り込み方にその場にいた特別技能戦闘員達《せんとういんたち》が飛び上がる。

星名だけが自然な様子で声をかけた。

「おー、【ドクター・アンデッド】じゃねぇか。【ワールドクラス】の医療専門サマが直々にお出ましとはね」

「同じ【ワールドクラス】が怪我したとなれば、わえが出てきてもおかしないやろ」

はんなりとした美女は一度意識すると目を引いた。その異様な服装がひどく目立っているからだ。色鮮《いろあざ》やかな刺繍《ししゅう》がなされた、一目で高級だとわかる生地《きじ》が使われた豪華《ごうか》な着物。その上に白衣を羽織っていた。

違和感《いわかん》しかないはずなのに不思議と調和させている美女は肩口《かたぐち》で切り揃《そろ》えた紫紺《しこん》の髪を揺らして上品な笑みを浮《う》かべている。

突然《とつぜん》の【ワールドクラス】の登場に一等、驚《おどろ》いた顔をしていたのはギルカルテだ。彼は何度も目を瞬かせて呟く。

「彼女《かのじょ》が……？」

「そこんとこの【ワールドクラス】はんは顔自体は見てるけど、顔合わせは初めてやんな？」

「ギルカルテは新参者だからな」

【ワールド・ストーム】ことギルカルテ・シルバースタン。彼は【ワールドクラス】の中では新参者だ。

星名とは任務の関係上、何回か一緒に仕事をしているが全員と顔見知りではない。着物に白衣の美女はギルカルテに向き合うと手を差し出した。

「わえはミア・ウェルチェーニ。個別識別コードは【ドクター・アンデッド】。医療専門の特別技能戦闘員や。怪我や病気はわえにお任せやで。死んでなかったら何が何でも生かしたる。即死《そくし》じゃなければなんとか生き返らせたる。そんな能力や。代わりに戦闘能力自体はからっきしやけどな」

「ギルカルテ・シルバースタン。【ワールド・ストーム】だ。宜《よろ》しく頼《たの》む」

「ほいほい、よろしゅう。そんで星名。お前はん、舐《な》めとるようやけど結構な大怪我やったやんやで？」

きっ、とその瞳が星名を射抜《いぬ》く。

嫌な予感にうへぇ、と露骨《ろこつ》に顔を歪める彼を睨《にら》んで彼女はこんこんと説教をし始めた。

「大体なぁ、腹に大穴開けて傷口焼いて塞ぐなんて？　気絶しなかったのが不思議なくらいなんやで。しかもそのまんま戦闘続行させるとか何考えとんのや？　お前はんの代わりはいないんやで、そこんとこもうちょいしっかり考えて行動しいや！」

「しょーがねぇだろ、仕事なんだし。別に生きてるから良いじゃねぇか。まぁ死を覚悟《かくご》したのはしたけどさぁ」

あぁこれは死んだな、と思ったことは確かなので反論するにも力がない。正論ではあるのだ。結構無謀《むぼう》な行動をした自覚があるから言い返せない。

「し・か・も？　お前はん、三日昏睡《こんすい》状態やったのに、起きたら即《そく》どっか行方《ゆくえ》くらますし！　確かにお前はんは他の奴らよりも闘《たたか》える。耐久度《たいきゅうど》が高いと言い換《か》えてもええ。でもな、あんな無理矢理《むりやり》自分の身体を再生させるのはやめや。身体によぉないのわかっとるやろ」

ぐぃー？　とその頬《ほお》をつねり上げながら声を荒《あら》らげる美女にされるがままの少年。

「いひゃい、いひゃい」

「帰ってきたら高熱出したのをもう忘れたんか？」

「ひゃるかったって。ひはくはひてるへどひょーがひゃいってひふか」

「ごめん、何言ってるかさっぱりわからない」

冷静なリリカのツッコミに頭が冴《さ》えたのか、星名の頬をつねったまま、お医者さんは告げた。

「ほれ、他の子はとっとと帰りぃ。コレは一応大人しく寝《ね》てなあかんやつなんや」

お医者さんの言うことは絶対なので大人しく部屋を出ていく皆。リリカやルーナは心配そうにこちらを見ていたがクラウディアやスーチィに促《うなが》されて退室していった。

ギルカルテも帰ろうとしたが星名が止める。

「ギルカルテ、お前は居残り」

そうして【ワールドクラス】だけが残った。

4

「さて、事後報告を聞こうか」

「あ、あぁ。そうだな、気絶していたからな。まず、研究者のあの女は無事に逮捕《たいほ》されたよ。五体満足、とはいえないけれど口はついてるし、事情聴取《ちょうしゅ》されて軍事裁判にかけられてる」

「手足引きちぎった誰かさんのお陰《かげ》で瀕死《ひんし》やったけどな。あの女、自分の肉体改造しとったわ。【水晶乙女《すいしょうおとめ》】の能力を使った光による人体の改造。流石《さすが》は研究者やな。あれだけやられても無事なのは自己改造の結果ゆうのもあるよ。出血はそうでもなかったけど、本人が半狂乱《はんきょうらん》やから面倒《めんどう》やったわ」

「暴れられるよりマシだろ。振《ふ》り回す手足はないんだし。それにしても自己改造か。自分の肉体だけにしか応用できない？」

「そや。これからって時にお前はんらが来た感じちゃうか。徹底的《てっていてき》に肉体改造した結果やから相当短命になるし、自分の肉体やからどうにかなったレベルやな。利用されとった【水晶乙女】にも後遺症《こういしょう》はない。自分だけに作用するモンやった」

「じゃあそこは安心できるな」

「どうせすぐ死ぬから研究成果も無意味になるよ。他に悪用されることはないやろ」

ポンポンと交《か》わされる会話は気安いが内容が壮絶だ。微妙《びみょう》にズレていく内容を軌道《きどう》修正すべく、ギルカルテが一つ咳払《せきばら》いして、

「兎も角、他にも加担していた上層部連中は軒並《のきな》み捕《つか》まったよ。今回みたいなことがないよう、徹底《てってい》して洗い出すつもりらしい。異世界との戦争だけでも精一杯《せいいっぱい》なのに味方にまで敵がいたら疲弊《ひへい》するからな。味方の士気にも影響《えいきょう》する」

「どれだけ洗い出しても後続は出てくるぞ。人間の欲深さは俺達《おれたち》が一番よく知っているだろ」

「あぁ。だから対策もある。仕事は増えるらしいがオレ達《たち》【ワールドクラス】が審査《しんさ》する方向に決まったようだ。【ワールドクラス】に一度話を通してから、という方向になるらしい。仕事で一番近くにいる【ワールドクラス】に回されることもあるが、専門で仕事の審査をする【ワールドクラス】を作るんだと。閲覧範囲《えつらんはんい》を広げる代わりにそういうこともしろよって話になるそうだ」

「ふぅん。それでどうにかなんのかね」

「どうにかするのが仕事やろ。どうせ【定例会議】もある頃合《ころあ》いやし。誰に押《お》し付け…ごほん、任せるかを決めるんちゃうの？」

「本音が出たぞ今。どうせ多数決か、リーダー様の一声で決まるやつだろ、それ」

「【定例会議】？」

「世界中に散らばってる【ワールドクラス】が全員集まる謎《なぞ》の集会だよ。そういや、お前は初参加になるのか」

「あぁ」

【ワールドクラス】自体は有名なので個別識別コードぐらいは知っているがどういう能力で本名が何なのかさえ知られていないこともザラだ。同じ特別技能戦闘員ですら知らないだろう。しかも【ワールドクラス】はそれぞれ世界中を飛び回っているものなので全員と顔を合わせる機会などまずない。

そんな彼らが集まる稀《まれ》な会議が【定例会議】。

世界でたったの九人しかいない、世界最強の特別技能戦闘員達が集まる会議だ。

他にも幾つか確認を済ませると着物の美女がふらりと手を挙げる。

「じゃあわえは仕事戻るわ」

「おう、お疲れ」

「ついでに伝えとくけど、完全に傷が治るまで絶対安静やからな。不規則に部屋を巡回《じゅんかい》するよう言うてある。いつ、誰が来るかわからん状態やで。治るからって勝手に逃《に》げ出さんように」

「は、？　おい、ちょっ、待っ」

「ほな、さいならー」

星名の伸《の》ばした手が宙を彷徨《さまよ》う。無情にも扉《とびら》が閉まった。

たとえ掴《つか》んだって何かが変わる訳ではないのだが思わず手が出てしまった。行き場のない手をそのまんま顔を覆《おお》うのに使って、ため息を吐《は》き出した。

「クッソ、面倒くさいな。いや、いっそのこと今から脱走《だっそう》すれば問題ないか？」

「やめておけ、脱走対策してるから普通に捕まって終わりだ」

「マジかよ、最悪」

チッ、と舌打ちを一つして色素の抜けた灰色の目で青年を見上げた。

「で、何でそんな顔になってんだ、お前。仕事の話は終わったんだが？」

「オレの処分はどうなる？」

「ああん？」

覚悟を決めたどシリアスな顔があった。

真剣《しんけん》な表情で青年は告げる。

「オレは、仕事を放り出して裏切者に協力した。【ワールドクラス】としてはあり得ない行動をとった自覚はある。その処分はあるだろう」

「ないよ、別に」

どシリアスな空気をぶち壊《こわ》す星名だった。だがギルカルテは納得《なっとく》していない顔で黙《だま》って見下ろしてくる。彼は心底くだらなそうな顔で青年を見上げてため息を吐いた。

「この件に関しては色々と協力してもらったからお咎《とが》めなし、な方向に持って行きまーす。どうせ報告するの俺《おれ》だしな。俺達、【ワールドクラス】のリーダー様に報告書あげるから心配しなくとも何もないよ、多分」

最後にちょっぴり不安要素が付いてきたが、それでもしっかりと断言する。

「それとも何か？　後悔《こうかい》してるのか、自分の選択《せんたく》を」

「いいや。たとえ時間を戻せたとしても、オレは同じ選択をした」

「じゃあいいじゃん。何が問題なんだ」

「いや、ああ。そうだな」

「心配性だなぁ。呑気《のんき》に構えてりゃいいんだよ、なるようにしかならないんだからさ」

その言葉を受けて、ギルカルテ・シルバースタンはようやっと安心したように笑った。

星名は真剣な声で青年に頼む。

「つーか、何かしたいなら俺の脱走手伝ってくれ。こんな部屋に閉《と》じ込められるとかマジで無理」

「それはダメだ。スーチィにも頼まれているからな」

「残念」

チッ、と舌打ちをした少年は言葉通り残念そうに肩をすくめた。

5

「完・全・復・活☆　やっぱり外は良いなぁ、俺は外向きの人間だよ。アウトドア派だ」

「あれだけ言われておいてまさか本当に脱走を企《くわだ》てるとは思わなかったわ……」

数日後。

完全に傷を治した星名は【ドクター・アンデッド】ことミアから治療完了《ちりようかんりよう》のお墨付《すみつ》きをもらい、戦場に復帰した。

「俺は捕縛《ほばく》用の特別技能戦闘員まで導入してきたことにびっくりだよ。人材の無駄遣《むだづか》いじゃねえか？」

「それをものともせず五回以上も脱走しようとした猛者《もさ》がなんか言ってる…」

元気いっぱいな少年とは違《ちが》い、黄色の豪奢《ごうしゃ》なドレスを纏った少女は疲れ果てたような顔だった。大人しくしていれば良いのに脱走を繰《く》り返す星名を捕まえる為《ため》、奔走《ほんそう》する羽目になったからだ。

最終的にはベッドに括《くく》り付けるところまでいった。あんまり意味がなかったようだが。

「今度からは普通に療養《りょうよう》してよ。…まぁ、怪我をしないのが一番なのだけれど」

「考えとくよ」

もう！　と心配からぷんすこ怒《おこ》る少女を適当にあやしているとバサリと大きな羽音がした。雪のように真っ白な梟が星名の肩に舞い降りる。

リリカが水晶玉《すいしょうだま》みたいな目を大きく見開いた。

「デッカ、なにそれ」

「梟だな」

「いや、それは見たらわかるけど。なんで？」

「【貰《もら》い物《もの》】だ」

ホー、と独特の鳴き声をあげる梟は器用にもバランスを保って少年の肩に留まっている。

「へぇ…？　すごい貰い物ね。戦場に連れ歩いて大丈夫なの？　安全面的に」

「許可は取ってるから大丈夫だよ。……あと単純にコイツ離《はな》れないんだよな、諦《あきら》めて好きにさせてる」

幾ら機巧人形とはいえ、見た目は梟そのものだ。

生き物を連れて戦場を渡り歩くのもどうかと思って、星名も最初は基地に置いておこうとしていた。

だがこの梟、何をしても星名に付いてくる。撒《ま》こうが、鳥籠《とりかご》に入れようがお構いなしだ。ストーカー鳥であった。

あまりにも付いてくるので最終的に星名が折れてアナスタシアに許可をもぎ取ってある。その際、あまりにもしつこいストーカーぶりを見て彼女もドン引きしながら許可をくれた。哀《あわ》れみのあの目はちょっと心に刺《さ》さったが許可が降りないよりマシなので我慢《がまん》した。それなり以上に知恵《ちえ》はあるようなので流石に戦闘《せんとう》になれば邪魔《じゃま》にならないようにいなくなるだろう。

実際、邪魔だなと思いそうな場面ではいなくなっているので問題はなかった。必要な時は手伝ってくれるし、なんだかんだと有能だ。もし邪魔になるのならばヴィンセントに異議を申し立てればいい。

壊れたとしても彼の責任ではない。

「ふうん？　良いじゃない、梟。アンタと同じ色だし、お似合いよ」

「そりゃどうも」

他人事なので無責任に親指を立てて誉《ほ》めてくるリリカ。

下手に詮索《せんさく》されても困るのは星名なので文句はないのだが、何となくジト目になった少年の肩で梟は我関せずというように呑気に毛繕《けづくろ》いをしていた。

「あ、そういえば聞きたかったんだけど」

「どうした？」

「森で戦っていた時にいた、協力者の二人よ。片方は人形だから人って数えていいのか微妙だけど。あの二人はどうするの？」

「どうするって何が」

何のことだかわからずに首を傾《かし》げる星名。どうするもこうするも何もない。疑問符《ぎもんふ》を頭に浮かべる少年にリリカは焦《じ》れたように言った。

「だからこれからの対応のこと！」

「一般人《いっぱんじん》だから基本無干渉《むかんしょう》、邪魔してくるなら排除《はいじょ》。それだけだぞ」

「え、」

あまりに呆気《あっけ》なくてびっくりされてもそれが全てだ。

「あくまでもあの戦闘でのみの現地協力者だ。これからもう一度会うかもわからないのに対応とか必要あるか？　臨機応変にその都度変えていけばいいよ」

星名自身は協力者…つまりヴィンセントと友人になっているがあくまでもプライベートでの話だ。

仕事の話になってくるなら彼《かれ》は何処《どこ》までも冷徹《れいてつ》になれる。

「なるほど、そっか。それもそうよね！」

納得し、何度も頷《うなず》いたリリカに同意を返して星名は言った。

「そうそう。ほら、行くぞ。今日も元気に戦争だ」

次巻予告
異世界と繋がりましたが、
向かう目的は戦争です
Connected with the Another World,
But the purpose of
the visit is War
2
Author
ニーナローズ
Illustration
吠L
HJ文庫

世界最強を冠する【ワールドクラス】が
一堂に集まる会議での
ギルカルテの降格を防いだ星名。
いろいろ気苦労が絶えない中、
次の戦場に赴いた彼だが、
何故か味方部隊からの襲撃を受けてしまう。
局地的な裏切りではなく、
なぜか戦場では異世界側地球側問わず、
同士討ちが発生しており――――。
異世界VS.地球。
超迫力バトルファンタジー第二弾！
2022年秋発売予定！

あとがき

初めまして、ニーナローズです。

この度は本作、『異世界と繋がりましたが、向かう目的は戦争です』を手に取っていただき誠にありがとうございます。

ふと思い立って書き始めた、異世界と地球との戦争。

初め、主人公は性別を決めていませんでした。星名という名前、能力ぐらいしか決めていなかった主人公が、全身真っ白な細身の少年、という形に変わったのは物語を書き始めてからなのです。自分でもどうなるかわからなかった物語が、このように形になって世の中に出せたこと、とても嬉しく思います。

清純派ヒロイン、リリカ、小悪魔系ヒロイン、クラウディア、妹系ヒロイン、ルーナなどなど各種ヒロイン取り揃えております。皆様は誰がお好みでしょうか？

リシュルーと星名という組み合わせもアリだったかも？

さて、改めて、こうして無事に出版できましたこと、この拙作に関わってくださった全ての方へ、手に取っていただいた読者の皆様へ多大なる感謝を申し上げます。

物語は人それぞれあり、好きなものもそれぞれです。自分が面白いと思うものが、他人にとって面白いと思ってもらえるようにと願って書きました。


自分は本を読むのが好きです。紙の本を手に取って、ページをめくり、物語を読んでいく。そこに生まれる世界を堪能するのが喜びであり、面白い、楽しいと感じます。

その面白い、を自分が作り、他人に送り届けたいと考え、書き始めたのがきっかけです。

面白い、楽しいと思っていただければ幸いです。楽しい時間は多い方が良いのです。楽しみを見つけるための時間はあっという間に過ぎるもの。楽しみの一つとして消費されるのが喜びなのです。


最後にもう一度、感謝を。

本作を目にとめてくださった、選考に携わってくださった、編集部を始めとする全ての関係者様。荒削りな本作が形になるよう、数々の助言をくださった、担当編集者様。素敵なイラストを描いてくださった、吠L様。また、カバーデザイン担当者様、校正、校閲担当者様や本書の制作に関わってくださった、全ての方々に多大なる感謝を申し上げます。

そしてこの本を手に取ってくださった、読者の皆様に感謝を。

HJ文庫 https://firecross.jp/
1014

異世界と繋がりましたが、向かう目的は戦争です1

2022年6月1日　初版発行

著者——ニーナローズ

発行者—松下大介
発行所—株式会社ホビージャパン

〒151-0053
東京都渋谷区代々木2-15-8
電話　03(5304)7604（編集）
　　　03(5304)9112（営業）

印刷所——大日本印刷株式会社

装丁——BELL'S GRAPHICS／株式会社エストール

Printed in Japan

ISBN978-4-7986-2842-4　C0193